LAINYA

25

I edizione: novembre 2020

Via Isonzo 42, Roma

Titolo originale: *Travel Light*
Traduzione dall'inglese di Donatella Rizzati

ISBN: 978-88-9325-690-2

www.fazieditore.it
www.lainya.it

Naomi Mitchison

Il viaggio di Halla

traduzione di Donatella Rizzati

LAINYA

Introduzione

Con un po' di fortuna – e forse l'illustratore adeguato – *Il viaggio di Halla* sarebbe potuto essere uno dei più popolari libri per ragazzi del secolo scorso. Possiede tutte le caratteristiche giuste: è di una sfolgorante estrosità, ricco di delizie e confonde le aspettative a ogni giro di pagina. Invece, le sue copie, lette e stralette, sono state passate di mano in mano dai lettori che le hanno date agli amici dicendo: «Leggi il primo capitolo. Vedrai».

Naomi Mitchison (1897-1999), autrice di settanta libri, aveva cinquantacinque anni quando *Il viaggio di Halla* venne pubblicato per la prima volta da Faber and Faber nel 1952. Mitchison è nata e vissuta in Scozia, ma ha viaggiato moltissimo in tutto il mondo. Scrittrice di successo e figura letteraria molto nota già dagli anni Venti, durante la seconda guerra mondiale ospitò gli sfollati nella sua grande casa di Carradale, ad Argyll, in Scozia. Era famosa per il suo attivismo politico e impegnò molto del suo tempo nel tentativo di coinvolgere i pescatori della zona nelle attività del Partito Laburista. Ebbe maggior successo nel reclutarli come attori per i suoi drammi teatrali. In seguito, negli anni Sessanta, venne adottata come consigliera e "madre" della tribù Bakgatla del Botswana. I suoi libri spaziavano dal romanzo storico alla fantascienza, dalla saggistica all'autobiografia fino alla poesia; i più famosi fra questi sono *Memorie di un'astronauta donna*, *The Conquered* e *The Corn King and the Spring Queen*.

È difficile, per i lettori di oggi, immaginare quanto fosse economicamente depressa la Gran Bretagna nel periodo seguente alla seconda guerra mondiale. Sebbene Mitchison fosse sempre politicamente impegnata e anche se genere, religiosità e politiche nazionali rivestono un ruolo importante in *Il viaggio di Halla*, questo romanzo deve aver rappresentato allo stesso tempo una gradita via di fuga e una boccata d'aria fresca sia per la scrittrice sia per i suoi lettori.

Halla, la bambina figlia del re, viene sottratta al castello di suo padre dalla nuova matrigna. La sua governante la porta nella foresta e si trasforma in un orso per vegliare sulla giovane principessa. Questo è il primo dei numerosi eventi magici in questo incantevole racconto di una giovane donna trasformata dal proprio viaggio. Halla vive con gli orsi, poi come un drago e, alla fine (dopo un periodo da drago), torna nel mondo degli umani. Ha il dono di saper parlare tutte le lingue esistenti, comprese quelle degli animali. Intraprende dei viaggi, il primo verso Miklagard (Costantinopoli), poi di nuovo a nord verso Holmgard, vicino al luogo in cui è nata.

Intenso e vivace, *Il viaggio di Halla* risuona degli echi del romanzo più famoso di Mitchison: *The Corn King and the Spring Queen*. Mitchison descrive un mondo in continuo mutamento nel quale le antiche usanze e tradizioni stanno andando perdute o dimenticate: accade di rado che qualcuno guardi al passato. Dai secoli bui fino a quelli moderni, dalle foreste medievali fino al Medio

Oriente, *Il viaggio di Halla* è scorrevole, profondo e gioioso e trasporterà il lettore nel mondo di Halla, dove è possibile incontrare un basilisco nella steppa, gli eroi vengono condotti nel Valhalla dalle valchirie, e si può fare una fortuna dicendo una parola al cavallo giusto. Una volta arrivati in fondo, *Il viaggio di Halla* è diventato più di una semplice storia: è una mappa per la vita.

Da dove arriva questa fiaba così affascinante? Quando era bambina, Mitchison leggeva tutto quello su cui riusciva a mettere le mani, comprese le saghe, Balzac e *The Heroes of Asgard*. Amava *Pierino Porcospino*, *Il libro della giungla* e *Flower Fairies*. Tuttavia, nella sua autobiografia, *Small Talk: Memories of an Edwardian Childhood* (Bodley Head, 1973), dice: «Non mi sono mai interessata granché delle serie di fiabe romantiche pubblicate da Andrew Lang». In effetti, scrive: «Quando avevo undici o dodici anni gli dissi che non mi erano piaciute e lui non si offese per niente; quelle raccolte erano state soltanto un lavoro». In seguito lo ha incoraggiato moltissimo dicendogli in quale grande considerazione tenesse la sua poesia. L'influenza e il sostegno di Lang nei primi tempi sono stati, per Mitchison, molto importanti durante la sua crescita. Lui la incoraggiava a credere nella sua immaginazione, una cosa poco usuale in una famiglia piena di scienziati con i piedi ben piantati a terra. Una delle zie di Mitchison aveva inventato un fantasma – chiamato "il gorgonzola"! – che infestava la stanza di una torre nella casa di suo zio in Scozia. Quando, una volta adulta, Mitchison parlò con la zia del «catastrofico effetto» che il fantasma aveva avuto su di lei, la zia rispose che nessun altro componente della famiglia possedeva la sua «sfrenata immaginazione». Mitchison ha definito la propria immaginazione come «una disgrazia, a quei tempi. E, in effetti, può esserlo ancora, sebbene senza di essa io non avrei ali». Ed è da allora che i lettori beneficiano dell'incoraggiamento che Lang diede a quella meravigliosa e, talvolta, spaventosa immaginazione.

IL VIAGGIO DI HALLA

PRIMA PARTE

1
Gli orsi

Si narra che quando la nuova regina vide la figlia della vecchia regina, disse al re che di quella mocciosa bisognava sbarazzarsi immediatamente. E il re, che ormai aveva quasi dimenticato la vecchia regina e a malapena aveva dato uno sguardo alla bimba, acconsentì e non ci pensò più. E quella sarebbe stata la fine della bambina, se la sua tata, Matulli, non avesse udito tutto per caso. Ora, questa tata era originaria della contea di Finmark e, come molti di quelli che provenivano da quei luoghi, era capace, di tanto in tanto, di assumere la forma di un animale. Così, su due piedi, si trasformò in un orso nero, prese in bocca la bimba, la copertina e tutto il resto e, ringhiando, la portò via dal boudoir in fondo agli appartamenti del re e uscì con passi felpati nella leggera neve primaverile, che vicino al palazzo si era già sciolta. Si inoltrò fra i boschi di betulle e poi di abeti, nelle profondità oscure delle foreste dove gli altri orsi si stavano risvegliando dal loro letargo invernale.

Ora, quando qualcuno si trasforma in un orso, si comporta da orso, e la tata Matulli non fece eccezione. La piccola Halla gattonò insieme ai piccoli orsetti e ricevette tante zampate armate di solide unghie e tante leccate dalle loro lingue ruvide. Imparò a lottare con gli altri cuccioli e, avendo l'uso delle mani, ogni tanto si prendeva le sue rivincite tirando orecchie e arrampicandosi sui dorsi neri e, a volte, si chiedeva quando le sarebbero cresciuti gli artigli. Imparò a conoscere il pensiero e il linguaggio degli orsi. Era un linguaggio che svolgeva abbastanza bene il suo lavoro, tanto che c'erano molti modi per indicare le differenze fra i vari sapori, fra il sapore di un topo sgranocchiato, quello di tante bacche e radici diverse e il gusto del miele sia sulla punta, in fondo o ai lati della lingua. Anche per gli odori funzionava bene, e la foresta comunicava sempre con gli orsi attraverso gli odori. Faceva molto anche per l'udito e qualcosina anche per la vista, ma non c'era modo, per esempio, di pensare alle nuvole, o al volo delle aquile, perché gli orsi non guardavano mai verso il cielo. E se qualcuno avesse voluto spiegare agli orsi la situazione di Halla e della sua madre adottiva, semplicemente non sarebbe mai stato in grado di farlo.

La foresta era piena di altre bestie selvatiche, lupi, volpi e martore, renne e alci, caprioli e lepri. Ma quasi tutti si tenevano alla larga dagli orsi. D'estate la foresta era piena di intrichi, cavità e muschi, odorosa di felci schiacciate, di terra grassa sollevata per cercare germogli dolci e giovani funghi, di nidi d'uccello pieni di uova tiepide e della fitta, amichevole pelliccia degli orsi. L'orsa Matulli si prendeva cura della piccola Halla proprio come ci si poteva aspettare che facesse qualunque orsa con qualunque cucciolo. Halla aveva moltissimo cibo a disposizione, una lunga lingua per lavarsi e un'orsa tiepida sulla quale accoccolarsi. Ma Matulli era un'orsa molto attraente e tutti gli orsi la volevano perché cucinasse e governasse le loro case. Arrivò l'inverno e, dietro le rocce e sotto le foglie cadute degli abeti, c'erano delle tane profonde e accoglienti che attendevano Matulli e il suo marito-orso. Le notti diventarono più lunghe e fredde e ogni mattina Matulli trovava sempre più difficile svegliarsi. Ma Halla si svegliava e cincischiava e tirava i baffi di Matulli e voleva la sua colazione. E a Matulli tornò in mente che una delle bizzarrie degli esseri umani era il fatto che loro non trascorressero saggiamente tutto l'inverno a dormire e andassero, invece, incontro a una grande quantità di problemi per tagliare la legna, tosare le pecore, fare coperte e mantelli di lana e prepararsi zuppe bollenti. E Halla, malgrado la sua eccellente educazione, stava prendendo la loro medesima strada. E un povero orso che cosa poteva farci?

Ma poi arrivò un vero colpo di fortuna. Matulli e il suo marito-orso stavano camminando nella foresta in cerca degli ultimi resti di miele selvatico, o di un pulcino ritardatario non ancora nel nido, e il marito di Matulli bofonchiava camminando per conto suo perché sentiva che la neve non era lontana ed era tempo di tornare nella tana e dormire e dormire. Ma Halla stava correndo qua e là come una farfalla impazzita ed era evidente che non avesse alcuna intenzione di dormire. A volte l'orso pensava che sarebbe stato un gesto sensato e anche gentile mangiare Halla, ma non osava per via di Matulli.

E, all'improvviso, un cervo al galoppo passò loro accanto, guardandosi indietro terrorizzato a morte. E dopo di lui anche un tasso, in preda alla stessa agitazione. Ma il tasso ebbe il tempo di dire ai due orsi che stava per arrivare un drago e che avrebbero fatto meglio a togliersi di mezzo. L'orso si voltò di scatto e tornò indietro correndo a rotta di collo; mai la sua tana gli era parsa così desiderabile. Ma Matulli si sedette fra i cespugli di mirtilli rossi, nel muschio bagnato, e tirò giù Halla, accanto a sé. Come previsto, pochi istanti dopo arrivò il drago, fra sbuffi di fumo, stridii e fragore di squame. Matulli tossì e disse: «Mio sire». Perché sapeva, dentro di sé, che i draghi apprezzavano l'educazione da parte delle altre creature del mondo.

Quel drago venne in un certo senso colto di sorpresa e soffiò una fiammata che bruciò la sommità dei cespugli e le punte della pelliccia lungo tutta la schiena di Matulli. Ma non intendeva farle del male, quindi smise di soffiare e ascoltò con molta cortesia la storia di "Halla Figlia degli Orsi". Matulli stava parlando nella lingua degli umani, dal momento che la cosa non poteva essere spiegata nella lingua degli orsi. Ma i draghi sono, entro i loro limiti, molto intelligenti e quasi tutti comprendono non solo il linguaggio di moltissime specie animali, compresi gli uccelli che sono d'animo buono ma poco concreti, ma anche le lingue dei troll, dei nani, dei giganti e degli esseri umani.

Ora, se c'è una categoria di esseri umani che i draghi disprezzano più delle altre, questa è quella comunemente chiamata dei re o degli eroi. Il motivo è che questi sono quasi sempre nemici dei draghi. Così, quando il drago, che si chiamava Uggi, udì che la povera, piccola umana rosea era stata trattata tanto male da un re e una regina, non esitò ma affermò, su due piedi, che avrebbe adottato Halla Figlia degli Orsi e avrebbe fatto in modo che venisse cresciuta secondo i retti principi della dragoneria.

«E voi, sire, farete in modo che riceva pasti regolari?», chiese Matulli.

«Avete mai sentito di un drago che abbia sofferto la fame?», rispose Uggi.

«E farete in modo che non cada nel fuoco, sire?».

«Io stesso la renderò ignifuga», disse il drago.

«E le pettinerete i capelli ogni sera, sire?».

«Li pettinerò con i miei stessi artigli», disse il drago. «Perché vedo che la bimba ha i capelli color dell'oro, che è l'unico colore giusto per i capelli».

«E le asciugherete gli occhi quando piangerà, sire?».

«Asciugherò i suoi occhi con la sciarpa di seta della Principessa delle Terre Speziate che è stata così premurosamente offerta a mio cugino, il Drago dei Grandi Sprechi. Perché vedo che la bimba ha gli occhi del colore degli zaffiri, che è l'unico colore giusto per gli occhi».

«Che cosa è accaduto alla Principessa delle Terre Speziate, sire?», domandò Matulli, perché pensò che quella principessa potesse essere una gradevole compagna di giochi per la sua Halla.

Il drago tossì dietro i suoi artigli. «La Principessa delle Terre Speziate è stata offerta a mio cugino dalla popolazione. Fu un'idea molto corretta e accettabile, da parte loro. Sfortunatamente, ci fu un eroe mandato a interferire con il bene di tutti. La conseguenza fu che la principessa – *e* l'eroe – morirono. Il mio povero cugino ne ebbe un orribile squarcio su un occhio. Mi diede la sciarpa in cambio della copia di un braccialetto che avevo acquistato. Sì, sì». E il drago Uggi tese un artiglio luccicante ad Halla, che lo afferrò e vi si dondolò.

«E vi accerterete che la notte stia al caldo, mio sire?», disse Matulli, ansiosa di compiere il suo dovere, ma pensando con piacere sempre crescente alla sua comoda tana e al sonno ininterrotto che l'aspettava.

«La bimba starà al caldo e, cosa più importante», disse il drago, «avrà sempre una luce notturna, perché posso affermare con orgoglio che noi draghi sbuffiamo sempre dal naso mentre dormiamo». Poi si mise Halla sulla schiena, dove la bimba si tenne agli aculei e urlò di gioia perché adesso poteva vedere proprio dentro gli alberi.

All'improvviso, il pensiero della tana, del marito e del lungo sonno sopraffece l'orsa Matulli che, quindi, tentò di fare una riverenza al drago, ma questa è una cosa troppo difficile per gli orsi. Così, si limitò a girare la sua larga schiena nera e a tornare nella foresta calpestando i cespugli di ribes nero. Il drago Uggi sollevò le sopracciglia e guardò, dietro di sé, Halla e lentamente batté le palpebre da un lato all'altro dell'occhio, come fanno i coccodrilli, e poi rapidamente su e giù, proprio come un'aquila, perché lui aveva un po' della natura di entrambi.

Ma Halla era deliziata da tutto questo e affondò i talloni nudi nei fianchi squamosi del drago, che, con un moto sinuoso e un crepitio di scintille, si inoltrò nella foresta incendiando per sbaglio, di quando in quando, un cespuglio o un cumulo di foglie secche di betulla o di quercia, oppure la pelliccia di qualche animale che era troppo orgoglioso o troppo stupido per togliersi di mezzo.

2
I draghi

Quella sera, tornando a casa, Uggi fece un breve volo in cima alla collina di Signal Hill, la cui sommità era tutta bruciata e sfregiata, al punto che nemmeno sulle pietre più immobili cresceva del muschio. Lì, il drago emise un poderoso sbuffo d'aria e dalle sue narici uscirono delle fiammate simili a degli enormi gigli dorati che svanirono nell'improvviso crepuscolo. I suoi cugini Gauk, Bork, Hafr e Hroar arrivarono dal cielo, con un cigolio d'ali assordante come il volo di mille anatre. Furono informati di tutta la storia mentre Halla Figlia degli Orsi batteva ritmicamente con il piede nudo sulla schiena del suo drago. Con molto buon senso, i draghi decisero di renderla ignifuga lì per lì, prima che potesse accaderle qualcosa di orribile.

La cerimonia dell'ignifugazione è un rito molto antico e molto suggestivo che può essere eseguito soltanto dalla dea Demetra oppure da non meno di tre membri dell'Antico Ordine dei Draghi, dei quali almeno uno deve essere un Mastro Drago. Halla, che era abituata a essere leccata dalle lingue degli orsi, non fu affatto preoccupata da quelle infuocate e biforcute dei draghi. In seguito, per un po', tutto quello che guardava sembrava avere un sottile orlo fiammeggiante e, in effetti, successivamente quella sensazione sarebbe tornata, quando lei sarebbe stata molto più grande, ogni volta che si sarebbe arrabbiata.

Per tutta la sera e gran parte della notte e oltre, Halla rimase sveglia, i draghi si muovevano e danzavano intorno a lei presi da un'intensa eccitazione, lanciandosi come proiettili da Signal Hill verso le stelle, prorompendo in esplosioni di fiamme che si riflettevano sulle loro squame lucide e sugli artigli e si moltiplicavano in centinaia di lampi e scintille. A volte i draghi spiccavano il volo in aria stringendo le ali una contro l'altra e scendevano verso il basso ondeggiando sinuosi. A volte sfrecciavano via, lontani e minuscoli come razzi luminosi e poi tornavano indietro col fragore di un tuono. Decisero che avrebbero allevato la giovanissima Halla perché facesse onore a tutte le stirpi dei draghi e fosse il terrore di re, eroi e tutti gli altri nemici dei veri draghi. E con cautela, prima che il mattino ingrigisse il cielo notturno, o affievolisse le stelle gelide, Mastro Drago Uggi riportò indietro la bambina addormentata nei suoi enormi artigli e l'oro pallido dei capelli di lei frusciava come piuma morbida tra le fiamme del suo fiato, ma non ne fu mai bruciato.

E così, Halla venne cresciuta dai draghi e, anno dopo anno, imparò a pensare alle cose alla maniera dei draghi. Le furono impartite lunghe lezioni, specialmente di geologia e aritmetica, con particolare attenzione alle moltiplicazioni che, a loro volta, portavano a nozioni di economia, sempre una parte importante della storia dei draghi, e anche ovviamente elementi di magia che si ritenevano adatti a lei. Quando le lezioni terminavano, Halla aveva il permesso di giocare con il tesoro di Uggi, di scivolare giù da cumuli di perle e costruire torri d'oro e scatole d'avorio. Poteva vestirsi di gioielli e rimirarsi a suo piacimento in specchi d'argento lucidato; glieli teneva sollevati un giovane drago adorante e con un sorriso infuocato, ma che era da poco uscito dall'uovo e aveva ancora le squame morbide. Halla indossava indumenti d'oro o d'argento, quando andava a cogliere bacche. Perché, malgrado gli sforzi dei draghi per tentare di eliminare quel genere di sapori, riguardo a bacche e miele il gusto della bambina era, in tutto e per tutto, quello di un orso. Eppure, imparò a gustare cene a base di pezzi di carne troppo arrostiti, costolette eccessivamente abbrustolite, pudding di prugne e biscotti allo zenzero ustionanti. E, ovviamente, aveva tutte le bocche di leone* che voleva.

I draghi amavano vivere sulle brughiere inaridite e deserte, o sulle montagne vulcaniche con le cime orlate di neve, ma Bork o Hafr, giovani draghi di poche centinaia di anni, spesso portavano Halla in groppa nelle loro scorribande nel folto dei boschi o sui fiumi e, tenendosi a distanza, le indicavano le abitazioni degli umani, le dimore in capo ai fiordi circondate da campi, fienili e staccionate, le barche ormeggiate ai moli o trascinate in secca nei periodi di tempesta. Le barche più grandi erano chiamate "navi-drago", ma gli stessi draghi non sapevano mai con certezza come interpretare la cosa. Magari poteva, giustamente e doverosamente, essere una forma di venerazione, ma con la razza degli uomini non si poteva mai sapere.

* Nel caso in cui non abbiate mai mangiato una bocca di leone, ecco com'è fatta. Prendete un vassoio poco profondo di metallo (i veri draghi li hanno sempre d'oro) e spargetevi sopra delle mandorle pelate e dei grappoli di uva secca, poi bagnate tutto con del brandy e dategli fuoco. Togliete mandorle e uva dal vassoio e mangiatene a volontà. Per quanto mi ricordi, di solito sul vassoio rimaneva parecchio succo sgradevole, ma dall'ultima volta che ne ho mangiati sono trascorsi più di quarant'anni, perché le persone hanno dimenticato di rendere omaggio ai draghi.

D'estate la Montagna del Drago era bollente e afosa e la Brughiera Arida era ispida per passeggiare. Ma d'inverno tutto era ricoperto di neve e la straordinaria aurora boreale stendeva fra terra e cielo una cortina di bagliori luccicanti oppure improvvisava una danza sui trampoli intorno alla Stella Polare. I draghi sfrecciavano attraverso le luci con un crepitio d'elettricità statica. Sempre d'inverno si udiva anche l'ululato del gigantesco lupo Fenris, molto molto lontano, eppure troppo vicino per sentirsi tranquilli. Ma Halla sapeva che niente poteva farle del male finché rimaneva insieme ai draghi a fare, con diligenza, la guardia a un tesoro.

Nelle lezioni di storia Halla imparò innanzitutto l'origine delle cose, l'albero Yggdrasil che cresceva sopra il nido del primo drago, prima che i primi draghi aprissero una fessura nel guscio delle loro uova lattiginose; apprese delle Norne tessitrici e delle particolari abitudini e preferenze di Odino che aveva creato gli uomini per il proprio personale divertimento. E poi apprese della ribellione degli uomini contro i draghi: di come gli uomini erano stati istruiti dal Mastro Drago ad allevare pecore e mucche destinate alla cena dei draghi e a non lamentarsi se, di tanto in tanto, un pastore veniva divorato insieme al suo gregge visto che, osservandola dalla giusta prospettiva, si rivelava comunque una cosa utile. Quando greggi e mandrie aumentavano e si prospettava una minacciosa superproduzione, i draghi arrivavano (o meglio, planavano) a fare il lavoro dei pastori e si sbarazzavano dell'eccedenza senza alcun problema. Di tanto in tanto, e per il bene di tutti, agli uomini veniva ordinato di offrire al loro drago d'elezione una principessa fresca e succulenta. Si diceva che per le principesse fosse un'esperienza deliziosa. Di sicuro lo era per i draghi.

Ma gli uomini divennero ribelli. Re, campioni ed eroi, scorrettamente equipaggiati di armature ignifughe e lance sgradevoli, furono incoraggiati, da certi elementi clandestini e contro i desideri e gli interessi del grosso della popolazione, a intromettersi fra le principesse e i draghi. Qualche volta tali intromissioni generavano delle tragedie, come nel caso del bravo drago che venne ucciso da un uomo di nome Giorgio, o di quel drago ucciso con estrema crudeltà da Perseo quando era sul punto di fare conoscenza con Andromeda. Si potrebbe verificare che a nessuna principessa sia mai stato chiesto se voleva essere salvata e portata via da un massacratore di draghi, verso un destino (senza dubbio) peggiore della morte. Altre volte un drago veniva ucciso a sangue freddo, come era accaduto piuttosto di recente al drago Fafnir, uno zio di Gauk e Mastro Drago, che venne rudemente svegliato e brutalmente pugnalato da un giovane uomo di nome Sigfrido, il quale, in ogni caso, non fece una bella fine.

Ma nelle storie perlopiù i draghi facevano del bene e tutto finiva per il meglio. A volte Halla giocava alla Principessa e al Drago, fingendo di essere legata a un albero e poi di aspettare che uno dei giovani draghi accorresse da lei con la bocca aperta e la cospargesse di deliziose fiamme solleticanti. E non c'era nessun orribile eroe a intromettersi. Capitava che Halla si ritrovasse a desiderare di essere una vera principessa, in modo che tutto potesse accadere per davvero.

Ma le lezioni di economia erano più serie. In sostanza, si trattava di questo. I draghi accumulavano oro. I re e gli eroi lo sperperavano. Uno sconcertante appellativo di lode in voga fra i re era "donatore di bracciali". E da dove venivano i bracciali d'oro? Be', dal tesoro che un drago aveva accuratamente ammassato, con tanta cura e impegno e lavoro! Poi, in un modo meschino, un drago veniva ucciso e l'oro andava disperso nelle mani di coloro che non avevano fatto niente per guadagnarlo. Gli eroi si vantavano di una cosa chiamata "generosità". E cos'era questa generosità? Era regalare una cosa a coloro che non l'avevano guadagnata ed era compiuta, di solito, *da* coloro che quella cosa non l'avevano guadagnata. Quale sentimento o pratica potrebbe essere più rivoltante per i draghi che sono nel giusto? In seguito, il drago derubato avrebbe dovuto ricominciare da capo l'intero procedimento di raccolta, accumulando, catalogando e infine sorvegliando – persino a costo della sua stessa vita, ricordate! – un nuovo tesoro. Ogni drago aveva la propria caverna e, per come vanno generalmente le cose, ogni caverna aveva il proprio tesoro. Non è forse lo scintillio di un tesoro implicito nella vellutata oscurità di una caverna? Questo faceva parte dell'ordine e del disegno della vita, così com'è stabilito sin dall'inizio dei tempi.

«Da dove arriva l'oro *prima*?», domandò Halla, aggrottando la fronte su questo interrogativo, mentre sedeva su una roccia con le mani intorno alle ginocchia e i capelli dorati, pettinati dai draghi, scendevano a cascata sul grembiule scolastico di tela d'oro con dei grandi rubini intorno al colletto e lungo l'orlo.

«Sono i nani che lo estraggono dalla roccia», disse Uggi, «e, anticamente, erano i nani gli unici che sapevano lavorarlo. Ma adesso, sfortunatamente, hanno insegnato la loro arte agli uomini. Eppure sono stati sempre gli uomini a ottenere l'oro dai nani con la forza e con l'inganno, che sono le cose in cui la razza umana riesce meglio. Ed è sempre attraverso gli uomini che l'oro è arrivato al sicuro nella caverna di un drago».

«Perché i draghi non lo prendono direttamente dai

nani?», domandò Halla. «Allora gli uomini non sarebbero necessari».

«Perché», disse Uggi con pazienza, «i nani vivono dentro fessure e buchi nei quali i draghi di una certa stazza non possono arrivare. Ma gli uomini, che sono di una misura intermedia fra draghi e nani, si possono intrufolare dietro di loro».

Halla allungò le braccia facendo tintinnare i braccialetti mentre gli anelli rifulgevano alla luce del sole. «Sono felice di essere un drago», disse.

«Non dimenticare mai, piccola», disse il vecchio Uggi, «non solo di pensare alla maniera dei draghi, ma anche che tu fai parte del tesoro di un drago. Del mio tesoro. E ricorda, se un uomo dovesse vederti tenterebbe immediatamente di rubare tutto quello che indossi e di portarlo via con sé e, probabilmente, anche di ucciderti».

«Gli sputerei fuoco addosso», disse Halla. «Quand'è che mi insegnerai a sputare fuoco? Sono stanca della storia».

«È molto triste», disse Uggi, «ma io non posso insegnarti a sputare fuoco».

«Perché no?», domandò Halla. «È perché un tempo sono stata un orso? Se solo tu volessi mostrarmi come sputare fuoco, io proverei a smettere di mangiare bacche e riempirmi le zampe di terra!». Perché i draghi le parlavano sempre di quei comportamenti.

Uggi sospirò, fu un sospiro molto, molto bollente che incenerì una piccola macchia di licheni sopravvissuta, fino a quel momento, sul fianco della roccia. Sentiva che, nonostante avesse allevato Halla come un drago, era arrivato il momento in cui la bambina doveva imparare i fatti della vita, anche se per lui sarebbe stato difficilissimo spiegarglieli. Andò comunque avanti: «È ora, piccola mia, che io ti dica una cosa. Hai notato, quando ti guardi allo specchio, che tu non somigli a me né a nessuno degli altri draghi?».

«Vi somiglio *poco*», rispose Halla rimirandosi i lunghi alluci che erano abbelliti da oro e anelli di smeraldo, ma che non erano né abbastanza lunghi né tantomeno abbastanza affilati per essere degli artigli. «Forse vi somiglierò di più quando sarò più grande. Credo di sentire che mi stanno spuntando le ali», aggiunse, guardandosi dietro le spalle e grattandosi la schiena.

Il drago Uggi pianse una lacrima sfrigolante. «Piccola mia, temo che neanche da grande somiglierai mai a un drago, perché la verità è che tu non sei un drago».

«Ma...», disse Halla, e le tremò il labbro, «io mi sento un drago. Tu mi hai sempre detto che lo sono. Oh, io so di essere un drago!».

«Ahimè», rispose Uggi. «Questo non basta. Sebbene sia già qualcosa. Temo che ciò che dovrò dirti ti sconvolgerà molto, mia cara. Devi essere coraggiosa, coraggiosa come un bravo drago. La verità è che tu sei figlia di un essere umano e sei una di noi soltanto perché ti abbiamo adottata. Ma non ti preoccupare», si affrettò ad aggiungere, «sei perfettamente al sicuro. Non dovrai mai tornare dagli uomini. A meno che, cioè, non sia tu a volerlo».

Halla scoppiò in lacrime e gettò le braccia intorno al collo di Uggi. «Non potrei mai voler tornare indietro, mai!», affermò. «Perché hai dovuto dirmelo? Perché non puoi trasformarmi in un drago?».

«Nemmeno le Norne, o il padre Odino stesso, potrebbero farlo», rispose gravemente Uggi.

«Ma perché no?», domandò Halla. «Tu mi hai insegnato la magia. Posso creare rane magiche dalle pietre, dopotutto! Non è così?». Era una delle lezioni di magia che aveva imparato meglio.

«Pensa, però», disse Uggi. «Quelle rane fanno soltanto quello che vuoi tu. A meno che tu non pronunci la Parola, loro non possono saltare. Se io dovessi trasformarti in un drago – e dubito fortemente che sarei in grado di farlo –, tu sapresti volare, o sputare fuoco, o accumulare un tesoro o compiere una qualsiasi delle attività dragonesche soltanto se io ti dicessi la Parola. Non saresti un vero drago, nel cuore e nella mente – non come, mia cara, io credo tu sia adesso!». E le stampò un bacio ardente sulla fronte, poi si fermò a ripensare a un antico smeraldo scolpito che si trovava in fondo alla sua caverna del tesoro e che Halla non aveva mai visto. Sarebbero andati insieme a scovarlo. Così Halla si rallegrò, per il fatto che aveva una mentalità abbastanza dragonesca perché l'idea di un tesoro le apparisse superiore a ogni altra cosa.

3
Visitatori sulla Montagna del Drago

Crescendo, il fatto di essere umana divenne, per Halla, un fardello meno pesante. Spesso lo dimenticava per giorni e giorni. Una volta ricevettero la visita della famiglia Grendel, esseri dall'aspetto singolare e grondanti acqua, che guardavano Halla con diffidenza perché ricordava loro l'orribile destino toccato alla nonna e al prozio per mano dell'uomo Beowulf, che aveva praticamente inseguito la povera anziana signora fin dentro la sua casa, in fondo allo Spaventoso Acquitrino, e le aveva strappato un braccio. E tutto perché loro avevano regolarmente preso il tributo che gli spettava – e nient'altro – dal palazzo del re di Danimarca. Era una cosa che ti faceva chiedere a che punto stesse arrivando il mondo. Ti faceva sospettare di umanità chiunque incontrassi. Ma ben presto si resero conto che Halla non era quel genere di umano e quando si congedarono, lasciando impronte bagnate sui sassi della Montagna del Drago dove erano rimasti seduti, erano talmente compiaciuti dalla compassione e dalla rabbia dimostrate da Halla che suggerirono di soprannominarla "Halla Terrore degli Eroi". Erano sicuri che la ragazza sarebbe stata il mezzo per vendicarsi della razza degli eroi per i torti inflitti a draghi, Grendel e simili, e fu un'orgogliosa Halla che quella sera si accoccolò nel suo nido di muschio e perle, metà orsa e metà drago. "Figlia degli Orsi" era stato un bel nome con il quale cominciare, perché la distingueva da tutti gli altri esseri umani, ma "Terrore degli Eroi" era meglio.

Alla Montagna del Drago arrivavano le notizie degli eventi che avvenivano nel mondo importante, che non era ovviamente né quello degli uomini né quello degli dèi. Gli eventi dragoneschi si collocavano su diversi livelli. C'era, per esempio, l'accensione della pira centenaria che la fenice costruiva per se stessa; un giovane drago senza tesoro veniva scelto per eseguire la cerimonia con un unico respiro ardente ben mirato. La cerimonia comportava sempre la riunione di nobili e antichi draghi nel deserto arabo. Uggi vi era stato una volta, da giovane. Ma adesso era incline a considerare superflue quel genere di cose; il suo cuore rimaneva dove si trovava il suo tesoro. Ma Halla adorava ascoltare quelle storie e le sarebbe piaciuto partecipare alla gioia di quei momenti; a volte immaginava se stessa come la magnifica fenice incandescente ma, più spesso, come il modesto giovane drago il cui atto era stato eseguito perfettamente, presagio di un solido e splendido futuro.

Di tanto in tanto, Uggi partiva per affari. Controllava che i suoi artigli fossero affilati e le giunture delle ali flessibili e Halla esaminava le sue squame per accertarsi che non ve ne fossero di scheggiate o bisognose di riparazioni. Se ce n'erano, la ragazza tirava fuori lima, lucido e la sua scatolina degli oggetti magici e, in poco tempo, rimetteva tutto a posto. Per Uggi era un aiuto enorme. Ma Halla si preoccupava sempre per la zona morbida situata sul retro degli arti anteriori del drago e una volta tentò di convincerlo a indossare in quel punto un pezzo di cotta di maglia. Lo aveva trovato in mezzo al tesoro e aveva pensato che fosse proprio quello che ci voleva. Tuttavia, Uggi lo rifiutò senza pensarci due volte in quanto oggetto indegno per un drago e le assicurò con decisione che non correva alcun pericolo. E, in effetti, prima o poi il drago tornava sempre, con un'aggiunta al corredo di utensili familiare. Con gioia, Halla lo numerava e catalogava e, consultandosi, entrambi trovavano la nicchia adatta nelle rocce della caverna del tesoro, nella quale veniva depositato.

Mentre Uggi era via, Halla svolgeva i suoi compiti e i draghi più giovani facevano una capatina per prendere un tè che, ovviamente, bevevano quanto più possibile prossimo all'ebollizione accompagnato da panini al peperoncino rosso. A volte arrivavano anche altre creature provenienti dalla regione al di là della foresta, compresi diversi unicorni che si ostinavano a tampinare Halla e ad appoggiarle, languidi, la testa in grembo ogniqualvolta lei si sedeva, osservandola con i loro stupendi occhi dorati. Il che era fastidioso, dato che le loro teste erano molto pesanti, soprattutto quando si accoccolavano su di lei a coppie. E non erano nemmeno divertenti da cavalcare quanto lo erano i draghi.

Ogni tanto arrivavano anche i troll dai nasi spugnosi ma, invece di parlare in modo corretto, emettevano dei suoni cavernosi e lasciavano ossa in giro dove capitava. Poi c'erano i giganti, molti dei quali avevano delle peculiarità, come un terzo occhio, delle quali erano talmente orgogliosi che non riuscivano a smettere di parlarne, mentre altri si vantavano di stivali delle sette leghe e mantelli per l'invisibilità, che sembravano sempre molto ordinari. C'era l'eccezionale Boygg che aveva come ombrello un albero di pino e che con un solo movimento del pollice lo apriva allargandolo quanto una quercia, se sembrava dovesse piovere. Ma lui parlava sempre per indovinelli, cosa che intimidiva molto Halla. E nessuno di loro aveva un'opinione seria e ragionevole del tesoro; a dirla tutta, spesso i troll ne facevano l'oggetto di stupide battute, davvero di cattivo gusto.

Una volta, Bork la portò a far visita all'antico serpente di mare che portava una corona su ogni testa e parlava, sbavando, con tutte le teste in una volta, tanto che Halla ne rimase molto confusa. Tuttavia, quello stesso giorno, conobbe anche alcune seducenti giovani sirene e scoprì che molte di loro avevano già portato a compimento la sua personale ambizione, uccidendo uno o due eroi. Ma quando domandò loro come avessero fatto, fu sul punto di rimanere vittima di un bruttissimo incidente: le dissero che glielo avrebbero mostrato e, prima ancora che Halla capisse dove si trovava, l'avevano trascinata in fondo a uno stagno e la stavano trattenendo giù, mentre ridevano provocando scie di bolle. In effetti, la lasciarono andare soltanto quando Bork, che si rese conto all'improvviso di ciò che stava accadendo, cominciò a mordere le loro code. Forse le sirene non avevano alcuna intenzione di farle del male, ma Halla ne rimase molto sconvolta e rifiutò di avvicinarsi di nuovo al mare.

Fu durante una delle assenze lavorative di Uggi, quando Halla era da sola sulla Montagna del Drago intenta a lucidare i gioielli, che scoppiò una tempesta di tuoni quasi sopra la sua testa e, dal centro esatto della nuvola più nera, balzò fuori un cavallo alato che atterrò con tutti e quattro gli zoccoli quasi sulla soglia della caverna di Uggi e fece sprizzare fuoco dalla roccia. Era un cavallo forte, con i garretti coperti di pelo, la schiena ampia, il collo largo, una folta criniera e due ali fatte di piume molto resistenti, e doveva per forza essere robusto perché la giovane donna seduta sulla sua groppa era del tipo che poteva spingere via una balla di fieno con una mano sola. E, per la verità, era necessario che lo fosse, in quanto era una valchiria e spesso doveva infilzare un giovane eroe con una lancia, mentre era al galoppo sfrenato, e caricarselo sulla groppa del cavallo, oppure portarlo di peso sotto un braccio fino al Valhalla, e tutto questo quando l'eroe non poteva fare niente per aiutarsi. La giovane donna smontò, si tolse l'elmo cosicché liberò i capelli rossi che si srotolarono in due grandi trecce, si grattò attraverso la cotta di maglia e chiese: «Hai per caso qualcosa di simile a un ago e del filo, piccola? La sottogonna è di nuovo andata».

Halla, che dai suoi modi sospettava fosse una delle figlie di Odino realizzatrici di auspici, si affrettò a portarle ciò che le serviva. Mentre la valchiria, che si chiamava Steinvor, rammendava la massa di tessuto con punti molto grandi e, ogni tanto, si pungeva le dita e imprecava, le due chiacchierarono. Halla si scusò perché non aveva niente da dare al cavallo; la stessa Steinvor aveva preso una coppa di idromele. «Quassù non possiamo far crescere niente», disse, «niente più di qualche mirtillo rosso. Prima o poi, tutto viene bruciato».

«Immagino di sì», disse Steinvor. «E non mi sorprenderesti ad aspettare qui una settimana. Calmo, amico, calmo. Fermo lì!», intimò al cavallo che stava scalciando nervosamente. «Non può sopportare la puzza dei draghi», spiegò.

«I draghi non puzzano!», ribatté Halla, indignata.

«Questo è quello che pensi tu, mia cara», rispose Steinvor, arricciando il naso. «Ma lascia che te lo dica, puzzano di marcio. Senti, perché non te ne vai? Oh, non intendo dirti di tornare fra gli esseri umani, si capisce facilmente che non è la tua razza. Ma c'è la mia. Perché non ti unisci alle ragazze? Parlerò io stessa con Odino. Ed è una vita grandiosa».

«Ti ringrazio davvero tanto», rispose educatamente Halla, «ma non credo che mi piacerebbe. Voi scegliete continuamente degli eroi, vero... li toccate? E io li odio!».

«Loro non sempre apprezzano di essere scelti!», disse Steinvor e scoppiò in una breve, fragorosa risata, come un cavallo. «Noi li prendiamo prima che abbiano avuto il tempo di fare tutto quello che gli piace. Ma Odino avrà bisogno di ognuno di loro quando si arriverà alla Battaglia Finale e, nel frattempo, loro possono pensare che stanno conducendo la vita alla quale sono abituati. E comunque, chi se ne importa di loro. Il gioco è prenderli. È sempre meglio della caccia al cinghiale».

«Li portate con voi per aiutare Odino nella guerra contro la Serpe di Midgard...».

«Aha!», esclamò Steinvor. «E tu non sai da quale parte stai, tu e i tuoi draghi! Capisco, capisco!». E diede ad Halla un colpetto nelle costole con il manico della sua daga – con la cui punta si stava pulendo le unghie.

«I draghi parlano sempre con molto rispetto di Odino», affermò Halla, ansiosa di non dire la cosa sbagliata.

«Sì, forse lo fanno, forse lo fanno», rispose Steinvor. «Ma, allo stesso modo, non sono affatto sicura che stiano dalla parte di Odino. Probabilmente si identificano con la Serpe di Midgard. E tu non vuoi essere sorpresa sul lato sbagliato, vero? Vieni con me, piccola; il cavallo è abituato a portare due persone. Parlerò con Odino, andrà tutto bene...». Quindi afferrò il braccio di Halla e cominciò a trascinarla per caricarla sul cavallo, come avrebbe fatto una contadina con un vitello.

«No!», urlò Halla. «Non voglio... io sono un drago...».

«Che assurdità», disse Steinvor ed era quasi riuscita a issare la ragazza sul cavallo, quando lei si divincolò, affondò un morso come un drago, sfoderò gli artigli come un orso e attaccò la sottogonna di Steinvor che, come sapeva, era il suo punto vulnerabile. La valchiria, non abituata a essere aggredita da coloro che portava via, i quali di solito erano ancora talmente sorpresi di essere stati uccisi che non muovevano mai un dito, lasciò andare Halla. «Mi vergogno di te, piccola», la rimproverò, «voler vivere con dei draghi puzzolenti quando potresti essere nel Valhalla. Non so cosa penseranno le Norne, ne sono certa, ma di sicuro glielo racconterò». Poi affondò i talloni nei fianchi del suo cavallo e tornò, con un balzo, nella nuvola di tempesta accompagnata dalla fragorosa esplosione di un tuono che riecheggiò in tutte le montagne.

La povera Halla si sedette e pianse. E se la valchiria lo avesse fatto davvero e le Norne avessero alterato il suo destino? E da quale parte stavano i draghi? E puzzavano davvero? Hroar, un drago verde e rossastro con i denti davanti storti, arrivò volteggiando. Halla gli chiese, cauta, se lui sapesse da quale parte si sarebbero schierati i draghi nella Battaglia Finale. «Dalla parte del vincitore, ovviamente», rispose Hroar.

«Ma sarà la parte di Odino?».

«Non romperti la testa su queste faccende», disse Hroar, avvolgendosi affettuosamente intorno alla roccia di Halla. «Odino risale alle origini. Lo stesso vale per i draghi. Quello che proviene dalle origini, ci sarà alla fine. Per caso uno di quegli dèi è venuto a darti noia? È stato Loki?».

«No... No...».

«Ho visto un brutto piccolo arcobaleno sull'altro estremo della Brughiera Arida – uno di loro è forse sceso giù di corsa? Tu lo riconosceresti Odino, non è vero?», chiese con un mormorio fumante. «Se ne va in giro sotto mentite spoglie, con il cappello abbassato su un occhio fingendo di essere un vagabondo, ma in lui c'è sempre un certo non so che. E gira insieme a due corvi – non ci si può fidare di loro. Si dice che stiano dalla parte degli uomini – gli ricordano ciò che è meglio sia dimenticato – e lo stesso vale per Baldur e Thor. Ma non dobbiamo pensarci troppo: dobbiamo essere coraggiosi e rimanere fedeli a ciò che conosciamo, per essere draghi. Non stai piangendo, vero?».

«No», disse Halla ingoiando le lacrime. «So che cosa è giusto».

4
L'eroe

Così le cose andarono avanti e Halla smise di preoccuparsi di ciò che le Norne avrebbero potuto o non potuto venire a sapere. Non sembrava che stessero per operare qualche cambiamento sulla tela del suo destino. Magari, dopotutto, Steinvor non aveva alcuna possibilità di avvicinare le Norne, non conosceva affatto l'albero Yggdrasil e, in realtà, nemmeno molto altro di quello che passava per la testa a Odino. E lentamente il tesoro di Uggi cresceva e la caverna veniva ulteriormente scavata, dal drago con i suoi artigli, da Halla con le sue zampe. A volte, i due andavano a trovare altri draghi e studiavano i loro tesori e Uggi suggeriva ai giovani draghi di essere attenti e sistematici nel prendere i tributi dovuti e, anche se apparentemente c'era una sovrabbondanza di bestiame nei campi degli umani, di non usare soltanto greggi e mandrie, ma anche alci, renne e simili. Ma nessuno accennava alla commestibilità degli orsi da parte dei draghi, per timore che la cosa avrebbe potuto ferire la sensibilità di Halla.

Se i draghi però hanno una colpa – e rideranno ammettendo che è così – è di sicuro una certa avidità, una incapacità di scendere a compromessi. E probabilmente fu questa tendenza presente in Ljot, uno dei giovani draghi, che portò alla ribellione quando, per primo, a lui venne rifiutato un tributo e poi, quando il popolo delle Dales, di sua competenza, aveva avuto successo nella battaglia, il movimento anti-draghi si diffuse anche presso gli altri popoli. Questo cominciò quando, invece di guidare uno o due capi scelti su per il crinale roccioso dei pascoli e poi ritirarsi in tutta fretta, cominciarono a far rientrare le mandrie nelle caverne chiuse da sbarre o persino dentro stalle fatte di pietre. Quando Ljot, che non era un drago di grande esperienza e aveva meno di duecento anni, tentò di prendere il proprio tributo, un'orda di uomini armati di lance corse verso di lui, urlando in modo davvero scortese e Ljot ebbe a malapena il tempo di svignarsela.

Una delle difficoltà poste dagli esseri umani è il loro vizio dell'inventiva. Sarebbe un mondo più facile per i draghi se così non fosse o se questo vizio potesse essere contenuto entro certi limiti, utilizzato per una migliore lavorazione dell'oro, della montatura dei gioielli, oppure per attività commerciali, come per esempio portare tesori da terre lontane fin nelle mani dei draghi. Invece, gli uomini lo sviluppano per andare contro tutti gli interessi dei draghi. Al posto delle palizzate fatte di canne o di legno, che sono già abbastanza sgradevoli, loro le costruiscono di pietra. Le loro spade si fanno più affilate, le armature più efficaci. Quando Uggi era un giovane drago, come aveva spesso raccontato ad Halla, venivano utilizzati pali aguzzi che, comunque, potevano provocare ferite crudeli. Gli scudi erano fatti di pelli di animali. Le spade erano di bronzo ma, salvo qualche incidente straordinario, era raro venire a stretto contatto con esse. Le frecce raramente erano efficaci, anche se avevano punte di bronzo; mentre all'epoca dei suoi nonni c'erano state soltanto punte di selce e osso.

Ma adesso le spade erano fatte di ferro ed erano molto più forti e affilate. Le lance avevano lame di bronzo o di ferro, erano molto più lunghe e più spiacevoli. Archi e frecce erano più pesanti e potevano causare ferite gravi. Le armature erano resistenti al fuoco in modo sconcertante. In pratica, i draghi si erano ritrovati indifesi in un mondo crudele.

Eppure, bisognava perseverare. Gli altri draghi suggerirono a Ljot di cominciare a depredare; se necessario, di volare al mattino presto e tirare su un bambino o due che magari erano usciti di casa prima che gli uomini fossero in giro. O una donna che usciva per prendere il latte. Questo comportamento avrebbe dovuto richiamare efficacemente i suoi sottoposti ai loro doveri. Se, per caso, il re delle Dales avesse avuto una figlia adatta per età e commestibilità, si poteva suggerire che sarebbe stata un'offerta accettabile. Così, Ljot avrebbe potuto tranquillizzarsi di nuovo e tutto sarebbe andato bene.

Tuttavia, Ljot doveva aver preso un abbaglio, o aver sottovalutato la barbarie e l'ingenuità dei suoi sottoposti. Invece di una figlia succosa, il re delle Dales aveva un figlio tutto ossa e muscoli. Vi fu un andirivieni, una trappola tesa… un grasso torello, un uncino. Fu tutto molto doloroso. Ljot avrebbe dovuto stare più attento. Quando tutto fu finito, gli altri draghi si spartirono il suo tesoro secondo le antiche leggi e tennero un consiglio. Sebbene lo nascondesse ad Halla, Uggi era turbato, più turbato di quanto fosse mai stato nella sua lunga vita.

Il Consiglio dei Draghi si riunì in piena notte su Signal Hill. Dall'estremo Nord ed Est, i draghi arrivarono planando e ondeggiando, lunghi lampi e luccichii fluttuarono oltre le stelle immobili e una sottile falce di luna. I draghi che venivano da lontano erano dotati di strani baffi e tentacoli; alcuni indossavano cappe o scialli di nebbia. I più vecchi parlavano soltanto per proverbi di riconosciuta saggezza, ma inapplicabili alla situazione attuale. I Mastri Draghi esprimevano le loro opinioni, supportate da esempi fuori dalla storia. Una politica necessariamente vincente doveva seguire il calcolo corretto di regole economiche affermate. L'unica difficoltà risiedeva nel fatto che il genere umano non vi si sarebbe uniformato. Vi furono discussioni sul rafforzamento o rilassamento dei costumi, citazioni di precedenti. Per esempio, i draghi forse avrebbero dovuto attaccare in massa il popolo delle Dales? Nel caso, poteva essere una lezione salutare e decisamente necessaria al genere umano, c'era però la forte probabilità che una parte delle preziose forze dragonesche potessero essere sacrificate. Di sicuro vi sarebbero state numerose spiacevolezze. E ancora, se avessero richiamato draghi provenienti dalle regioni più remote, sarebbe stato necessario fornire dei banchetti: non soltanto carne di cervo e simili, ma il meglio di ogni cosa, comprese le riserve di zenzero, pepe, spezie piccanti e potenti distillati ottenuti con grande diligenza e spesso a costo di lunghi e faticosi voli, lontano dalle comodità della propria casa. Forse sarebbe stato necessario anche spartire alcuni tesori. All'argomento fu dedicata soltanto un'allusione, ma provocò una stretta al cuore dei draghi più vicini che rischiavano di vedersi richiedere i risparmi ottenuti con fatica nel corso dei secoli. Uggi pensò con dolore a una certa coppa d'oro, incisa con rune e il disegno di navi, che era stata molto ammirata e che, di sicuro, gli sarebbe stata chiesta come contributo. Pensò alla collana di rubini cabochon che aveva ottenuto dal re di Laxwater il quale, a sua volta, doveva averla acquistata in commerci lontani. Pensò ai numerosi, grandi grumi d'ambra lucida, due dei quali montati in oro. Gli si sarebbe spezzato il cuore se avesse dovuto cedere tutto questo. Sicuramente sarebbe stato meglio permettere agli uomini delle Dales di trionfare per un po', di diventare sempre più distratti, come avrebbero sicuramente fatto, e poi al successore di Ljot – e nel Consiglio c'erano alcuni giovani draghi promettenti – di affermarsi.

All'alba, il Consiglio si sciolse dopo un banchetto che svuotò tristemente le scorte dei draghi ospitanti. Una seconda notte non produsse risultati migliori. I draghi dell'Est cominciarono a lamentarsi del freddo, quelli del Nord a lamentarsi del caldo. Dopo un volo di ispezione, Hafr riferì che lo sfortunato Ljot era stato scuoiato e imbalsamato. Quando Uggi tornò a casa, stanco e abbattuto, Halla gli chiese ansiosamente com'era andata e quando lui glielo spiegò, tutta la natura ursina della ragazza uscì allo scoperto e lei chiese che le venisse consentito di andare di persona a vendicare Ljot. Aveva frugato nel tesoro scoprendovi un magnifico elmo d'oro intarsiato, uno scudo e una cotta di maglia leggerissima con il colletto d'oro. Il pomo della sua spada era tempestato di magnifiche gemme, così come il suo pugnale. Adesso, Halla era abbastanza grande per trovare piacevole la spada e facile maneggiare un'arma. «Se mi avete chiamata Halla Terrore degli Eroi, allora lasciatemi terrorizzare gli eroi, e lasciatemelo fare adesso!», disse.

Ma Uggi era sconcertato e le disse che le signore-drago, che erano comunque rare, stavano a casa a guardia del tesoro. Ora, questa è un'antica falsa credenza dragonesca dal momento che, in realtà, le signore-drago sono molto più feroci di chiunque altro, soprattutto quando hanno un nido pieno di uova. E, sebbene sia sempre negato, è noto che le signore-drago abbiano ucciso e mangiato altri draghi e, ciò che è peggio, preso i loro tesori. Forse Uggi era più turbato dall'idea che Halla avrebbe dovuto mettere in pericolo una parte del suo tesoro in un'avventura che poteva finire male. Si rifiutò di portarla nelle Dales a cavallo della sua schiena, perché lei lo stava implorando, e vietò a Hafr o Gauk o chiunque altro di farlo per quanto lei potesse pregarli.

Tuttavia, le raccontò una cosa che era stata discussa nel Consiglio dei Draghi. Qualcuno aveva detto che a Miklagard sul Mare di Mezzo si trovava il tesoro più grande del mondo, perennemente incrementato da navi ed eserciti e che, secondo tutte le regole della storia e dell'economia, doveva per forza essere di proprietà di un grande e nobile drago. E in effetti nessuno sapeva che cosa o chi dimorasse nelle stanze di diaspro e porfido e dietro le tende dorate e azzurro pavone di Miklagard. «Un giorno, piccola mia», disse Uggi, «ti porterò a conoscere il Mastro Drago di Miklagard, perché sono sicuro che un essere come quello debba vivere lì».

Ancora una volta, la notte fu solcata da draghi luccicanti diretti alle proprie case. Nessuna decisione era stata presa. Forse non sarebbe accaduto più. Nessuno degli altri menzionò Ljot e, ben presto, persino Halla lo dimenticò. E presto o tardi, ovviamente tutto si rivelò come i Mastri Draghi avevano previsto nella loro saggezza. Gli uomini delle Dales divennero orgogliosi e distratti, decisero che il drago doveva essere stato soltanto uno e che lo avevano ucciso, così cominciarono a mandare greggi e mandrie, che continuavano a crescere, sempre più lontano, nei boschi e nelle radure verso il folto della foresta e le montagne. In pratica, divenne chiaro che ben presto avrebbero raggiunto un livello di iperproduzione ed era ora che un drago facesse il suo dovere. Né Gauk né Hroar, che erano i più vicini, erano granché ansiosi di essere i primi. Era vero che il figlio del re delle Dales aveva ornato sé e i suoi amici con braccialetti d'oro che sarebbero stati utili e appropriate aggiunte a qualsiasi tesoro, ma si pregiavano anche di essere lanciatori di giavellotti e arcieri e, se riuscivano a colpire al cuore un cervo in fuga, o un cinghiale selvatico, o un lupo, quanto sarebbero stati più pericolosi per un obiettivo grande come un drago, soprattutto nella zona indifesa e sensibile dietro le zampe anteriori?

Al momento era in corso una guerra fra gli uomini delle Dales e quelli di Axewater durante la quale, così avevano saputo i draghi da un troll che aveva portato la famiglia sul campo di battaglia per fare un picnic con i resti, era passato un considerevole bottino che comprendeva un corno d'avorio montato in oro da cui bere, che a sua volta era stato preso su una nave nel corso di un'incursione nel Sud da parte degli uomini di Axewater, e un trono di legno scolpito intarsiato di varie specie di metalli e smalti preziosi. A Uggi parve che la sua collezione soffrisse da molto tempo la mancanza di un corno d'avorio per bere, oggetto che poteva facilmente andare perduto o in frantumi durante i festini sciatti e ubriachi degli uomini. Vero è che ottenerlo comportava un certo rischio, ma quale impresa di valore non ne comporta?

Uggi cominciò a prepararsi. Halla lo implorò di portarla con sé; si era esercitata in tutte le pratiche di spada e lancia. Uggi rifiutò. Alla fine, la ragazza disse con rabbia che era ora che anche lei cominciasse ad avere un suo tesoro personale. E questo sentimento eccellente fece riflettere Uggi. Ma divenne ancora più convinto che quella volta dovesse andare da solo. Se Halla, il suo pulcino, doveva cominciare a mettere insieme un tesoro (e forse era più che giusto, sebbene pochi veri draghi lo facessero prima di aver compiuto il loro primo secolo), allora non doveva iniziare con il corno d'oro e avorio proveniente dalla Grande Sala della reggia delle Dales. Quello – e riusciva quasi a vederlo! – doveva essere soltanto suo.

Così, Uggi volò via con tutta la saggezza dei suoi molti anni di dragoneria e il vento che crepitava nelle sue ali. E tornò il giorno seguente trascinando un'ala, seminando una scia di sangue dietro di sé e con la punta di una lancia spezzata conficcata nella zona vulnerabile del fianco, dietro la zampa anteriore. Halla fece quello che poté, ma la sua piccola scatola di magie non servì a molto, e nemmeno le sue lacrime. Il povero Uggi giacque zoppo e freddo, il suo fuoco vitale quasi estinto, la gola strozzata dalla cenere. E il giorno successivo videro sotto di loro, ai piedi della Montagna del Drago, una violenta banda di predatori capitanata dal figlio del re delle Dales che, adesso, i suoi compagni appellavano apertamente "eroe e massacratore di draghi". Fu una visione orribile e, mentre gli uomini scalavano senza tregua il monte, seguendo le tracce di sangue, Halla accompagnò Uggi nel fondo della caverna e poi, furiosa e determinata, indossò l'armatura e prese la sua spada. Uggi gemeva e sanguinava. Halla gli cinse il collo con le braccia, ma lui se ne accorse appena; adesso, avendo così poco tempo rimasto, si concentrava sulle cose essenziali; quello che contava veramente era il suo tesoro. Debolmente, fece segno ad Halla di allargargli le ali sul tesoro e di sistemargli la testa in modo che potesse carbonizzare il primo aggressore con il poco fuoco che gli era rimasto.

Piangendo, la ragazza fece tutto quello che lui voleva e poi si precipitò correndo come un orso giù per la montagna, incontro agli aggressori che stavano avanzando. Nella collera, ogni cosa le appariva orlata di fuoco. Riuscì a ferirne uno prima di essere disarmata, gettata a terra, privata della cotta di maglia, strappata via da mani esperte, e ritrovarsi con le mani legate. La lasciarono per terra a ringhiare di rabbia e frustrazione. Non vide la morte di Uggi, udì soltanto lo scoppio e il debole fischio dell'ultima fiammata che uscì dalle sue narici e poi gli assassini uscirono dalla caverna barcollando, con le braccia piene di tesori.

Poi Halla venne trascinata vicino al fuoco che gli uomini avevano acceso e sul quale stavano cucinando. Il figlio del re delle Dales, anche se un po' bruciato e sporco, si era addobbato con l'oro di Uggi – i bracciali e le collane che lei conosceva e amava così tanto! – e lo stava regalando ai suoi compari proprio in quel modo umano che le avevano sempre descritto. Lui la guardò con un ampio sorriso e le chiese come si chiamasse; lei si definì "Halla Figlia degli Orsi", perché in quel momento, per vergogna, non riuscì a pronunciare l'altro nome.

«È evidente che tu conosca come si comportano gli orsi», disse il figlio del re, «e dopo cena ti insegnerò come si comportano le donne». Così piantò la lancia nella roccia e vi legò Halla servendosi dei lunghi capelli dorati di lei; durante la cena, le gettarono degli ossi mentre lei piangeva per Uggi e per se stessa. Eccola lì, legata come le principesse delle storie ma, ahimè, per nessun drago. Quando scese il crepuscolo, uno degli unicorni scese senza far rumore dietro di lei e le appoggiò tristemente il muso vellutato sul palmo della mano legata, come per salutarla. Una famiglia di troll entrò strisciando sulle ginocchia nodose dentro la caverna e Halla sapeva che stavano per farsi una scorpacciata di carne di drago fresca. In quel momento, con il vino che scorreva a fiumi nelle gole dei predoni, il figlio del re delle Dales si alzò in piedi e, mentre gli altri urlavano e cantavano le parole che di solito sono usate per gli eroi in quelle occasioni, camminò verso Halla come un orso affamato verso un cerbiatto con una zampa rotta.

Ma, quando Halla urlò presentendo il suo tocco, ecco che dal cielo arrivò un rombo, oh si avvicinò, planò in cerchi, si fermò su tutto ciò che era al di sotto, e poi un tonante sbattere d'ali, il tremolio di una fiammata ustionante, una coda biforcuta che spazzò via l'eroe dai suoi piedi instabili, lo schiocco di una mascella nell'asta di legno incenerito della lancia, degli artigli che si chiudevano e Halla, all'ultimo momento, fu salvata da un drago!

5
Il tesoro

Fu Gauk, fedele al suo vecchio amico e cugino, a salvare Halla. La portò, svenuta, stretta nei suoi forti artigli fino al Bosco Appassito dove, fra tronchi carbonizzati e senza vita e ceneri di foglie ed erba, lui aveva la sua caverna e il suo tesoro, sebbene non grande quanto quello di Uggi. Con la dovuta diligenza, Halla mostrò la sua ammirazione, ma con un cuore inaridito e scosso. Le era stato portato via anche il suo tesoro personale formato dall'elmo, la spada, il pugnale e la cotta di maglia; aveva le dita e i polsi ancora doloranti per gli anelli e i bracciali che gli eroi le avevano strappato. Non avevano visto la sottile catena d'oro che portava intorno al collo alla quale era appeso un gioiello scolpito, ma Halla pensò che fosse meglio darlo a Gauk.

Poco tempo dopo, quando gli uomini si furono allontanati, i due azzardarono un ritorno. C'era rimasto poco nelle fessure più buie della caverna, qualche perla, un anello di rubino, alcune monete d'oro semicoperte dal muschio, un bracciale rotto e una scatola d'avorio di tricheco forzata e gettata da una parte. Per quanto misero, quel tesoro venne diviso fra i cugini di Uggi. Ad Halla avrebbe fatto piacere ricevere qualcosa, ma non le venne offerto niente. Metà dentro e metà fuori dalla caverna c'erano i resti dello stesso Uggi. Ma quello che avevano lasciato i troll lo avevano preso i lupi. Non era rimasto altro che qualche brandello di pelle, il teschio con i denti, gli artigli. Halla prese un artiglio e lo nascose in una piega della stoffa strappata del suo vestito d'oro. E pensò fra sé e sé che, ormai, si sarebbe dovuta chiamare "Halla Che Piange i Draghi". E, tutto d'un tratto, ricordò il Mastro Drago di Miklagard e le venne in mente che, prima o poi, doveva andare in quella città di persona.

Dopo un po' ne parlò a Gauk, ma lui non ne sapeva più degli altri. L'avvisò soltanto che sarebbe stato necessario attraversare le terre degli uomini e che, forse, non avrebbe potuto evitare di incontrare uno o più eroi o gente simile. Halla cominciò a chiedersi che cosa avrebbe dovuto fare, perché la sua vita, adesso, sembrava essersi spezzata e, in un certo senso, scopriva di non avere una mentalità dragonesca così spiccata com'era stato al tempo in cui c'era ancora Uggi. Era come se gli assassini che avevano ucciso il vecchio drago avessero ucciso anche una parte dragonesca della sua anima e per questo Halla li odiava ancora di più. Oppure erano state le Norne che, essendo state informate, avevano fatto girare il filo del suo destino in una direzione diversa? Si esercitò con qualche piccola magia, come le era stato insegnato, ma erano trucchi infantili e inutili. Pochi draghi conoscevano la grande magia.

Per un po' ebbe l'idea di tornare dagli orsi e cercarli nella foresta ma, sebbene avrebbe potuto unirsi tranquillamente a loro nell'andare a caccia di alveari o di radure piene di funghi, oltre a questo non c'era molto altro che potessero fare insieme. Gli orsi non cantavano nemmeno alla luna come facevano i lupi. E Matulli, la sua tata, stava ancora con loro? Se era così, di sicuro era diventata talmente orsa da aver dimenticato di averla allattata e Halla, dal canto suo, non riusciva a ricordare l'odore di Matulli che, una volta, aveva significato così tanto per lei.

Per un altro po' continuò a vagare per la foresta vivendo di uova e topi, bacche, radici e noci, il cibo degli orsi. Parlò con tutti gli uccelli e le bestie di cui conosceva il linguaggio; ma le loro vite mancavano di serietà, e soprattutto di memoria, e lei era abituata ai secoli dei draghi nei quali ogni anno poteva essere memorabile per qualcosa di guadagnato e nei quali c'erano piani a lungo termine per promuovere il giusto ordine delle cose fra draghi e uomini. Gli uccelli non hanno affatto ricordi, ma è il ricordo ad avere loro, costringendoli a compiere, ciecamente e di buon grado, delle azioni bizzarre, facendogli intraprendere viaggi di migliaia di chilometri in mezzo a ogni genere di pericolo, oppure fissando rotte aeree verso e dai propri nidi in modo che, se i nidi fossero stati spostati soltanto di poco, la memoria avrebbe incessantemente impedito loro anche il più piccolo cambiamento capace di salvare le uova e i pulcini esposti al gelo. Non era quello il mondo per Halla, anche se poteva essere pieno di immediate sensazioni corporee che il ricordo traduceva in azioni piacevolissime e canzoni incantevoli. I draghi non cantavano e Halla non lo aveva mai fatto. Ma adesso avrebbe imitato gli uccelli tentando di ripetere e rispondere alle loro canzoni della memoria. Eppure, nonostante tutta quella bellezza, non poteva desiderare di essere un uccello.

Per un po' fu felice insieme agli scoiattoli che avevano il loro tesoro, che faticavano, cacciavano e nascondevano. Ma lo facevano senza un piano o una riflessione. Anche loro erano regolati dalla memoria. Ed era lo stesso con gli altri accumulatori del bosco, i topi e i roditori. Sembravano tutti occupatissimi, ma era un lavoro di zampe e denti, non di cervello.

Tornò di nuovo l'autunno. La memoria portò gli orsi a un lungo sonno, sbiancò le pellicce delle lepri e dei tassi. Era il momento di tornare alla caverna di Gauk nel Bosco Appassito, l'unica casa che Halla aveva. Eppure, una certa riluttanza la tratteneva, non era incantata dal tesoro di Gauk, né vi si identificava com'era stato con quello di Uggi. E non era neppure assolutamente sicura di essere la benvenuta. Gli stupidi unicorni pascolavano a testa bassa sotto i rami ricadenti delle betulle dorate; Halla cavalcò per un po' in groppa a uno di loro, i brandelli del suo abito d'oro brillavano come foglie di betulla sulle spalle bianche dell'animale. La ragazza avrebbe desiderato poter vedere la valchiria Steinvor; forse stavolta l'avrebbe seguita.

All'improvviso, l'unicorno nitrì e scartò rischiando quasi di disarcionarla; Halla si tenne alla criniera, gli parlò dolcemente, poi ascoltò. Riuscì a udire delle voci, sentì odore di fumo nell'aria. L'unicorno stava tremando; Halla lo guidò fin sotto una quercia, sollevò le mani verso un ramo e si arrampicò alla maniera degli scoiattoli mentre l'unicorno si allontanava tenendo il corno basso.

Da un ramo alto della quercia, Halla riuscì a vedere, al di là del terreno irregolare e della boscaglia, venti o trenta uomini seduti intorno a un falò da campo. Da un lato, c'era una mandria di bovini spaventati che gettavano in alto le teste e muggivano, ma erano sorvegliati da alcuni uomini a cavallo che si muovevano in cerchio e li colpivano sugli occhi se tentavano di allontanarsi. E, come le bestie, c'erano anche tre donne legate come lo era stata anche lei, ma con pochissime possibilità che un drago venisse a salvarle. Halla si strinse al ramo di quercia, restò immobile a osservare e vide gli uomini alzarsi in piedi, correre dove erano ammassate asce e lance e afferrarle di scatto, prima di accorgersi che un altro gruppo di uomini aveva oltrepassato il promontorio della brughiera e si era aperto a ventaglio per prepararsi ad attaccare.

Halla li guardò combattere, sperando che ne restassero uccisi il maggior numero possibile, mentre il bestiame si disperdeva e le donne urlavano e strattonavano le corde. Il sole, che fino a quel momento aveva scintillato sulle asce sollevate e i bordi degli scudi, venne oscurato da una nuvola dalla quale balzò fuori, con lo scoppio di un tuono, il cavallo di una valchiria. Si librò sopra la quercia; Steinvor guardò giù e si accostò ad Halla senza difficoltà, lasciando le redini. «Guarda come lo prendo!», disse. Poi sorvolò in cerchio la battaglia, lanciò uno strillo sconvolgente, spronò il cavallo con i talloni e si lanciò verso il basso. Sporgendosi dalla sella afferrò un uomo prima che cadesse a terra e lo tirò sulla groppa del cavallo. La testa dell'uomo ciondolò di lato e il sangue sprizzò da un grosso squarcio nella gola; il cavallo tornò volando verso la quercia di Halla. La ragazza guardò l'uomo morto e vide con soddisfazione che era il suo eroe, il figlio del re delle Dales. Sperò che, prima di ucciderlo, la ferita lo avesse fatto soffrire.

«Questa è stata una presa eccezionale», si vantò Steinvor, accaldata e con i capelli rossi un po' spettinati. «L'ho preso prima ancora che toccasse terra! Odino mi promuoverà a sergente!».

«Ha addosso gli oggetti del nostro tesoro!», gridò Halla all'improvviso, con la gola stretta e il cuore martellante.

«Li vuoi?», domandò la valchiria.

«Certo!», rispose lei. «Sono nostri».

«Prendi tutto in blocco», disse Steinvor, «nel Valhalla potrà averne il doppio».

«Davvero?», chiese Halla. «Come?».

«Oh, Odino distribuisce i tesori dopo i pasti. Ovviamente non sono veri. Così come non lo sono i pasti. O le ragazze. Ma nessuno di loro lo capisce. Né lo farà mai. Ecco, prendi il bottino». Sfilò i bracciali prima da un braccio, poi dall'altro, e li passò ad Halla; le braccia inanimate ricaddero flosce. Halla infilò con cura i bracciali su un piccolo ramo.

«Vuoi il girocollo?», domandò Steinvor. «È tutto sporco di sangue».

«È soltanto sangue umano», disse Halla con disprezzo. «Dammelo!». Sì, era come aveva pensato. Quello era stato l'orgoglio della famosa collezione di girocolli d'oro di Uggi, con le due estremità a forma di testa di lupo; aveva sfolgorato e luccicato in una nicchia orlata di muschio in fondo alla caverna. Adesso lei lo avrebbe ripulito e lucidato di nuovo. «E gli anelli», aggiunse.

Il cavallo stava diventando irrequieto; il carico stava rendendo goffo il suo librarsi. Ma Steinvor sfilò diligentemente anche gli anelli e li scaricò nelle mani di Halla così com'erano, appiccicosi del sangue dell'eroe. «Piccola, sudicia mocciosa di drago che non sei altro!», esclamò, poi si ripulì le dita sulle piume del suo cavallo e tornò con un balzo dentro la nuvola di tempesta.

Uno degli anelli era caduto fra i rami. *Presto, presto, devo prenderlo*, pensò Halla e scese dall'albero agguerrita come uno scoiattolo in mezzo alle foglie cadute, scorse il luccichio dell'oro, scattò in avanti e lo prese, poi tornò di corsa fra i rami, strappando altri brandelli nel suo vestito splendente già lacero. Al sicuro sul suo ramo, fissò l'oro, poi di nuovo la battaglia che era quasi al termine. Gli aggressori avevano vinto, avevano messo in fuga gli uomini delle Dales e liberato le proprie donne; ora stavano radunando il bestiame. Alla fine scomparvero oltre il promontorio lasciando che Halla scendesse con cautela, finalmente con l'inizio di un tesoro tutto suo.

E adesso? Sarebbe tornata da Gauk e la sua caverna nel Bosco Appassito, che era sicuramente un luogo sicuro? Poteva tollerare di spartire i suoi averi? Stava strofinando il suo tesoro con muschio e foglie di quercia, ripulendolo finché non vi fu traccia o sentore di sangue umano. No, no, non poteva condividerlo, non adesso che Uggi era morto. Era soltanto suo, vinto dal suo dolore e la sua paura quella volta, e pagato adesso dal suo buon senso! E doveva essere nascosto, al sicuro, al sicuro! Dov'era una caverna? O persino un albero cavo, la tana di un orso fra le rocce?

Halla indossò ogni più piccolo pezzetto d'oro. Era il modo più sicuro per trasportarlo. Le maglie pungenti del girocollo, dove si torcevano per formare le teste di lupo, le premevano lo spazio cavo delle clavicole facendole tenere la testa orgogliosamente dritta, come doveva essere. I bracciali oscillavano pesantemente e davano alle braccia la consapevolezza dell'oro. Gli anelli di pietre preziose splendevano come funghi freschi sulla terra delle sue zampe da orso con le unghie sporche. Doveva affrettarsi, affrettarsi, trovarsi una caverna, accumularvi un tesoro e fargli la guardia!

All'improvviso si ritrovò affamata di cibo da drago, carne bollente, spezie e zenzero. Se avesse avuto una caverna, avrebbe potuto avere tutto, avrebbe potuto tendere agguati a bestie e uomini. Cominciò a correre cercando ansiosamente una rupe, delle rocce franate, il letto di un fiume dove, magari, c'erano delle cavità. Il cuore le batteva forte contro le costole, gli occhi erano annebbiati, il respiro affaticato, il tesoro la appesantiva.

Se solo fosse arrivato un unicorno, così avrebbe potuto cavalcarlo! Ma no, l'unicorno forse avrebbe voluto parte del suo tesoro! Gli unicorni non vogliono tesori. Ma quello magari sì. E se avesse incontrato qualche troll? I troll potrebbero volere ogni cosa! I troll avevano mangiato Uggi, potevano mangiare lei, rubare e gettare via l'oro! Un gigante – non vedeva un gigante da mesi, forse anni, ma non era proprio quello il motivo più valido perché ne incontrasse uno adesso? – poteva calpestarla, rompere i suoi bracciali! Oppure i nani – se avessero visto il luccichio dell'oro –, i nani avevano paura dei draghi, ma avrebbero avuto paura anche di lei? Se trovava una caverna, come faceva a sapere che non era l'ingresso di una delle miniere d'oro dei nani? Loro potevano arrivare mentre lei dormiva, oh ma non avrebbe mai più dormito ormai, doveva osservare, doveva fare la guardia!

SECONDA PARTE

1
Il Vagabondo

Era scesa la sera, ormai, e un leggero velo di ghiaccio increspava le foglie cadute e induriva terra e muschio. E ancora non c'era né una caverna né un riparo. Prima, non se n'era mai preoccupata. Si era raggomitolata in mezzo agli orsi, nei letti di felci delle tane delle volpi o si era scaldata fra due cuccioli di renna. Ma adesso la foresta sembrava vuota. Halla inciampò e singhiozzò, oppressa dal peso; il girocollo d'oro le pungeva il collo. Stava cominciando a farsi buio.

Quasi lo toccò, prima di potersi frenare: il mantello rigido, blu scuro. Sopra a quello il cappello di feltro a falda larga che copriva un solo occhio, il noto travestimento di Uno solo e, perciò, non più un travestimento. Halla si rincantucciò nel fogliame; fra tutte le paure, aveva dimenticato questa? Ma come era finita sul sentiero del Vagabondo? Certe cose non accadono per caso.

«Sediamoci, piccola mia», disse il Vagabondo con fare amichevole, indicando un tronco caduto coperto di muschio. Halla non osava ancora sollevare lo sguardo su di lui, ma c'era qualcosa nella sua voce che le ricordò, tristemente ma anche dandole un certo conforto, qualcosa del vecchio Uggi. Si sedette e si rese conto che quel tronco giaceva quasi a ridosso della bocca di una caverna che era proprio come quella che aveva cercato per tutto il tempo: una piccola caverna asciutta e accogliente, schermata dalle felci e con tante nicchie per contenere il tesoro. Il desiderio di entrarvi la fece rabbrividire e sentì una falda del mantello di Odino posarsi sulle sue spalle e scaldarle, percepì profumo di cibo che le veniva deposto in grembo, ma non seppe riconoscerne la natura, capì soltanto che doveva essere buono. «Mangia», disse Odino. E lei mangiò, come un topolino, fino all'ultima briciola leccandosi le dita in silenzio. Non era il cibo dei draghi né quello degli orsi, eppure era quello che desiderava.

«Soltanto chi porta fardelli leggeri arriva a Miklagard», disse Odino, «è una strada lunga».

Halla osò alzare gli occhi appena un po', prima sulla mano che tratteneva il mantello sul ginocchio e, come volevasi dimostrare, era la mano di un eroe, di uno che afferrava la spada e tirava le lance; ma era anche la zampa di un orso e l'artiglio di un drago. E via via che la guardava, la mano pareva coprirsi di piume, indurirsi in uno zoccolo, adattarsi a tutti gli usi richiesti dalla natura. Non c'erano anelli sulle dita né bracciali intorno al polso. «Arriverò a Miklagard, Odino?», mormorò Halla.

«Coloro che vivono nelle caverne, muoiono nelle caverne», rispose il dio, «e l'amore del Vagabondo è per i vagabondi».

Halla sollevò lo sguardo più in alto finché non riuscì a intravedere, attraverso l'oscurità incombente, il volto, la bocca che Odino aveva modellato per pronunciare parole sagge e gentili per i suoi figli, l'occhio che aveva formato per vegliare su di loro, la forma dietro la quale si nascondeva in modo che loro non potessero temerlo. E allora Halla disse, a voce tanto bassa da non sapere lei stessa se aveva parlato: «È meglio avere l'amore del Vagabondo che essere un drago». E la sua mano cominciò a sfilare dall'altra gli anelli che portava e li lasciò cadere per terra e leggere, leggere furono le sue braccia una volta liberate dal peso dell'oro e delicata fu la carezza del mento sulla spalla quando il girocollo venne lasciato cadere.

Dopo un po', il Vagabondo prese l'oro che era stato il tesoro di Halla e lo posò dentro la caverna, poi con una mano spostò un masso enorme per coprirne l'ingresso, vi trascinò sopra un grande groviglio di rovi e pruni e fu come se la caverna non fosse mai esistita. Allora, il Vagabondo posò la mano sinistra sull'occhio e sollevò la destra. Su di essa, sbucando dal buio del bosco, volò il corvo della premonizione e gli parlò all'orecchio. Quando ebbe finito, il Vagabondo disse: «Per sette volte sette generazioni di uomini la roccia resterà sopra la caverna, poi accadrà quello che accadrà e, secondo l'uso che verrà fatto dell'oro, ci sarà aiuto o dolore, pace o scorrimento di sangue». Poi si girò e raccolse il mantello intorno a sé. «Viaggia leggera, piccola mia, come viaggia leggero il Vagabondo, e il suo amore sarà con te».

E dunque sollevò Halla con entrambe le mani e la pose in sella a un unicorno, tagliò un lembo del suo mantello del colore della notte e glielo mise sulle spalle, il pugno di Halla si aggrappò alla criniera e la bestia avanzò nella notte ghiacciata. Ma la ragazza era al caldo e frastornata e ferma sulla groppa, viaggiava leggera, senza nessuna consapevolezza del modo in cui sarebbe arrivata al luogo in cui era diretta, quale che esso fosse, né di cosa voleva fare lì. E l'unicorno procedeva rapido come il pensiero del Vagabondo attraverso foreste e paludi. Halla era consapevole del passaggio di alberi infiniti sotto la luna oscillante e, una volta, vide senza sconcerto che l'unicorno stava nuotando con fermezza su una vasta distesa d'acqua senza terre in vista. A volte, per un istante, apparivano le luci sfocate dei palazzi signorili e delle case e poi di nuovo il buio. E quando arrivò il mattino, Halla capì di essere andata infinitamente lontano dalle terre in cui aveva vissuto, come coloro che potevano viaggiare leggeri, e non era affatto sicura che quel mattino fosse quello successivo alla sera nella quale aveva incontrato il Vagabondo, e non un semplice altro mattino.

Il luogo in cui si trovava adesso sembrava essere una vasta distesa di giunchi alti e ondeggianti e, nel cielo rosato dell'alba, volavano anatre e gru. L'unicorno era lontano, ma davanti a lei si stendeva un piccolo sentiero segreto che correva fra i giunchi e, in fondo, dell'acqua che scorreva lenta e densa e una barchetta fatta di pelli stese su una struttura di rami di salice. Halla vi salì e si allontanò dalla riva e in un istante si ritrovò a fluttuare e ondeggiare portata dalla corrente. Nella barca c'era un remo, ma le ci volle molto tempo per imparare, prima a spostarsi dentro la barca senza farla ribaltare e poi a usare il remo. A quel punto era mattina inoltrata, dello stesso giorno o di un altro, e il canale fangoso e contorto sul quale Halla navigava si era unito agli altri e tutti insieme stavano formando un fiume ampio e lento.

In una piega del mantello c'era del cibo; l'acqua era a portata di mano. Di giorno e di notte, Halla seguì la corrente e dormì. La sua mente era limpida, a parte un po' di tristezza e solitudine. Non era né un drago né un orso. Una volta c'era stato l'artiglio di un drago, duro e tagliente, nascosto fra i suoi seni. Era caduto da qualche parte, sulla terra o sull'acqua. Ma non era quello il modo per ricordare Uggi; Halla pianse un po' per lui al mattino presto, nella nebbia e sotto una pioggia leggera. Ma il sole, asciugando la pioggia dal suo mantello, asciugò anche le sue lacrime. Mentre le sue dita lasciavano una scia nell'acqua, la terra della foresta veniva lavata via da pelle e unghie. Halla ricordava che una volta aveva posseduto un tesoro, ma ormai non si struggeva più per questo. Aveva fiducia nel Vagabondo.

Il fiume, lento ed esteso, che si inoltrava serpeggiando fra paludi o promontori sabbiosi, sfiorato dagli uccelli in volo, punteggiato di cerchi dai pesci, dapprima parve puntare verso il sole nascente, poi verso il sole di mezzogiorno che diventava ogni giorno più caldo e alto. Nelle radure di terra coltivata c'erano delle capanne e, poco distanti, mandrie di bovini e barche munite di reti per la pesca sul fiume, dalle quali gli uomini salutavano e gridavano verso la piccola barchetta. E Halla non provava paura né odio verso di loro perché le sembrava che si occupassero del loro essere persone, pacificamente, senza grandi desideri né fardelli più grandi di quelli che potevano sollevare. E conosceva il loro linguaggio, forse per le virtù del sangue di drago o del mantello del Vagabondo. Aiutandosi con il remo, manovrava la sua piccola imbarcazione portandola a terra, ora in un luogo ora in un altro, riceveva cibo e informazioni sulle coltivazioni e il bestiame, sulla vita e sulla morte e a sua volta portava le notizie al villaggio successivo e veniva accolta con piacere. Uomini e donne lavoravano durante tutto il giorno, ma di sera danzavano in cerchi e cantavano e le loro voci arrivavano limpide e tristi sul fiume.

E così, con il tempo, Halla scivolò giù lungo il Dnepr fino a Kiev, sull'alto promontorio e la curva del fiume. A Kiev c'erano uomini ricchi e un principe; c'erano cavalieri e grandi ostentazioni d'oro e gioielli e un mercato. Il fatto che la gente si fidasse di Halla era una qualità nascosta nel mantello del Vagabondo e siccome le persone si fidavano, erano anche gentili. E fu così che un gruppo di mercanti che si recava a Miklagard su una grande nave con vele e rematori le disse che poteva andare con loro. In cambio, lei poteva fare le pulizie, rammendare e lucidare e quando, oltre a questo, praticava i piccoli trucchi di magia che ancora ricordava, i mercanti si sentivano serviti a dovere e pensavano, inoltre, che Halla fosse sotto la protezione di qualche divinità. Dal momento che i mercanti erano un gruppo che era arrivato insieme per concludere accordi commerciali a Kiev, i loro dèi erano vari ed erano molti i modi, che si trattasse di fortuna o di venerazione, in cui speravano di accaparrarsi fortuna e salvezza.

Halla li ascoltava parlare di Miklagard e qualcuno di loro c'era già stato e qualcun altro no. Ma sembrava che al centro di quella città vi fosse un palazzo nel quale si poteva passare da una sala a un'altra per un'intera giornata estiva e non tornare mai a quella dalla quale si era cominciato. E in quelle sale c'era ogni cosa immaginabile. C'erano uccelli d'oro e gemme che, grazie a un meccanismo, aprivano le ali e cantavano. C'erano cibi unici e profumi deliziosi, strani animali legati con catene d'oro, lampade che trasformavano la notte in giorno. E nella sala più interna c'era il principe Sangue Blu e per suo ordine veniva fatta ogni cosa: per suo ordine si banchettava, si danzava, si correva con i carri, si allestivano combattimenti fra animali selvaggi o si muovevano sinuosi i corpi di donne sorridenti. Così quello, pensava Halla, seduta ad ascoltare fra segugi e falchi sul ponte della nave, era il Mastro Drago di Miklagard. E, in effetti, a Sangue Blu si attribuiva un credito di cui nessun altro uomo avrebbe mai potuto godere e niente era troppo strano tranne il fatto che potesse accadere all'interno dei confini del luogo in cui si stavano dirigendo.

Mentre navigavano lungo il fiume fra due ripidi argini marroni, Halla parlava con i segugi che, perlopiù, rimpiangevano i padroni che li avevano venduti, per quanto potessero essere stati crudeli, e desideravano disperatamente distendere i muscoli in una corsa e sentire nelle narici il profumo della preda impaurita che si avvicina. Parlava con un grande falco incappucciato proveniente dal Nord che negli occhi oscurati vedeva ancora, oltre i confini della foresta popolata di uccelli, le creste lontane e le cime innevate e la sporadica spirale del respiro di un drago. Parlava con i cavalli, allevati e addestrati per correre, che odiavano il mare e la loro prigionia, il cibo sporco e puzzolente e l'acqua marcia, cavalli che scalciavano e mordevano quando potevano. Tutti erano merci dirette verso sud, così come gli schiavi incatenati, ma Halla aveva paura di loro e loro non si fidavano di lei. Disse a tutti gli animali che avrebbero servito padroni nuovi e più gentili e forse avrebbero visto il Mastro Drago di Miklagard, Sangue Blu in persona, e che sarebbero stati in grado di usare le loro membra e la loro forza e di essere soddisfatti di se stessi. E se le bestie erano malate o ferite lo dicevano a lei e lei, spesso, riusciva ad aiutarle.

Avevano superato la foce del grande fiume. Lentamente, la terraferma si era allontanata e adesso le vele erano spiegate quasi come le grandi ali di un drago. Halla non credeva probabile che in quel mare vi fossero delle sirene, sebbene all'inizio stesse in guardia e sapesse di non dover credere a una parola pronunciata o cantata da loro. Ma non arrivò nessuno e la nave si fermò in più luoghi lungo le rive del Mar Nero, dove comprò e vendette. I mercanti facevano soldi ed erano felici. In un luogo chiamato Marob presero a bordo tre uomini che arrivarono di notte, in segreto, e contrattarono con il capitano per avere un piccolo spazio dove stendere i loro mantelli e bagagli. Erano tipi ansiosi e impauriti, eppure avevano l'aria di essere persone a posto. Soltanto uno di loro parlava greco e neanche tanto bene. Ma Halla, per la quale tutte le lingue erano una, parlò con quegli uomini nella loro lingua, cosa che li stupì, e dopo che salirono a bordo e che la nave salpò le fecero molte domande per capire come potesse conoscerla. E poi le chiesero se sarebbe stata disposta a rimanere con loro a Miklagard e a diventare la loro voce quando avrebbero dovuto parlare con i greci.

Halla disse di sì, lo avrebbe fatto, perché no, e chiese agli uomini se speravano di vedere il Mastro Drago. E loro risposero di sì, che era quello che volevano. Provenivano da un paese dove non c'erano draghi ma, per quanto ne sapevano, quello poteva essere il modo giusto per appellare il principe Sangue Blu. Perché era da lui che dovevano andare per lamentarsi della tirannia di colui che il principe aveva posto come loro capo, per governarli. E se fossero riusciti a recarsi almeno una volta dal principe Sangue Blu per raccontargli ogni cosa, tutto sarebbe andato bene, perché non era forse lui il governatore del mondo intero nominato da Dio? Dopo aver udito questo, Halla cominciò a pensare che dovesse essere un uomo e non un drago.

Gli uomini di Marob erano stati inviati da tutto il loro popolo per quella missione. Ma in segreto: e sapevano che quando la cosa sarebbe stata scoperta, e sicuramente lo sarebbe stata, da quel malvagio governatore, allora si sarebbe messa male per le loro case e le persone che vi avevano lasciato. E uno di loro, il cui nome era Tarkan Der ed era il più giovane, si sedeva con il mento appoggiato sulle mani a fissare la distesa marina e a pensare a questo e, soprattutto, a una ragazza e a cosa avrebbero potuto farle se le cose fossero andate male. Ma gli altri due, che erano più grandi, gli dicevano che quella ragazza, come tutte le altre che erano rimaste lì, era nelle mani di Dio e, a meno che non fosse la volontà di Dio, nessuno sarebbe stato danneggiato. E non era forse un segno divino che quell'essere, che diceva di chiamarsi Halla, fosse stata mandata da loro? Perché o lei era un angelo, oppure era stato per forza un angelo a insegnarle la loro lingua, dal momento che non avrebbe potuto impararla in alcun altro modo.

2
Gli uomini senza tesoro

Finalmente arrivarono alla città sugli stretti che alcuni chiamavano Bisanzio o Costantinopoli, ma era la stessa che Halla chiamava Miklagard. Era un luogo caldo, affollato e spaventoso, e i tre uomini di Marob si strinsero gli uni agli altri, uniti in una nuova paura che non si erano aspettati, perché erano tutti e tre uomini coraggiosi, in modi piuttosto diversi. Halla rimase in silenzio mentre annusava tutt'intorno quelli che erano nuovi e, perlopiù, sgradevoli odori. Poi si consultarono tutti per un po' e risalirono insieme, con determinazione, dalla grande baia mentre Halla riferiva sussurrando quello che dicevano i greci in modo che i tre non fossero troppo derisi e ingannati. In poco tempo trovarono una stanza nella stradina dei ciabattini, che puzzava di pellame conciato, e una più piccola, adiacente, per "Halla Dono di Dio", che trattavano con grande gentilezza e cavalleria per il timore che, se non lo avessero fatto, lei sarebbe volata via. Le portarono un abito di lino blu lungo fino a terra e un velo per amore di decenza, ma lei usciva sempre con addosso lo scampolo stracciato di un mantello scuro, che usava anche come coperta, e gli uomini si dicevano che quella cosa era in qualche modo sacra, forse una reliquia appartenuta a un santo, come minimo un dono di Dio. Tarkan

Der, i cui lontani antenati, in epoca antica, erano stati Re del Granoturco di Marob, aveva tentato spesso di scoprire da lei come tutto fosse accaduto. Lei gli aveva detto: «Un tempo amavo i tesori e odiavo gli uomini. E gli uomini sono stati crudeli con me. Adesso non considero crudeli gli uomini».

«Alcuni lo sono», aveva detto Tarkan Der e il suo viso si era contorto in un'espressione di sofferenza, perché sapeva che il governatore non avrebbe esitato, se avesse saputo ciò che si tramava alle sue spalle. Poi però, appoggiando timidamente e con reverenza la mano sul mantello aveva detto: «Ma ti è stato dato un dono e in seguito tutto è cambiato?».

«Sì», aveva risposto Halla, «in seguito, tutto è cambiato».

Gli abitanti di Marob erano stati cristiani per più di un secolo. La religione, tuttavia, aveva preso la propria forma e c'erano credenze che, magari, potevano esser state valide all'epoca degli antichi santi ma a cui, a Bisanzio, ormai più nessuno dava credito. Per esempio, lì credevano che Dio fosse buono e che l'imperatore, che era stato consacrato e benedetto, fosse, se si fosse riusciti a vederlo, il reggente e rappresentate di Dio sulla terra e in lui vi sarebbe stata giustizia se, una volta, gli avessero raccontato quello che era stato commesso in suo nome dal malvagio governatore di Marob. E poi tutto sarebbe andato bene. Il governatore sarebbe stato punito e gli oppressi soccorsi. Gli affamati sarebbero stati riempiti di cose buone, gli umili avrebbero ereditato la terra. Il punto era: come arrivare all'imperatore, a Sangue Blu? A Marob, anticamente, era stato abbastanza semplice per chiunque, uomo o donna, arrivare dal Re del Granoturco e chiedere aiuto. Ma il Re del Granoturco era andato in mezzo alla gente, l'aveva toccata, era andato in mezzo ai loro campi e animali. L'imperatore era da qualche parte dentro il suo palazzo e, quando usciva fuori, c'erano guardie e cortigiani, spade e lance, e oro e porpora fra lui e il popolo. Era stato diverso anche con Gesù; era andato in mezzo alla gente, l'aveva toccata, come un Re del Granoturco. Non sarebbe stato troppo difficile parlare con lui.

Giorno e notte i tre uomini pregavano insieme e a lungo nella piccola stanza dove dormivano. Per un po' dopo le preghiere, Tarkan Der aveva la sensazione che la ragazza, che molti chiamavano "Dolcepiuma", fosse nelle mani di Dio e più sicura che nelle sue. Ma il mondo ben presto si stringeva di nuovo su di lui e, in breve, il ragazzo tornava a sentirsi turbato. A volte Halla si univa a loro, ma non sapeva che cosa significassero le parole che pronunciavano e non toccava a loro dirglielo. Gli uomini più anziani, Roddin e Kiot, nipote di Niar, che era stato un martire all'epoca dei primi cristiani di Marob, pensavano che, a suo tempo, la ragazza si sarebbe rivelata; intanto Halla andava con Roddin per fare da interprete, non solo per procurare il cibo quotidiano, ma anche per trovare il modo di arrivare a Sangue Blu.

Ma, al di là di tutto, sembrava difficile incontrare colui che dovevano incontrare. Nella loro innocenza avevano immaginato che sarebbero riusciti a raccontare a un prete quali nefandezze venissero commesse in nome dell'imperatore. Erano stati nella grande chiesa dove Dio, i suoi santi e gli angeli con quattro ali e gli arcangeli erano distesi sulla superficie luccicante d'oro della cupola, angoscianti come un destino avverso, come un tuono, bellissimi come una benedizione, come il sole che sorge, come la giustizia. Lì avrebbero sicuramente trovato quello che stavano cercando. Dicevano la verità, umilmente, nel nome di Dio, ripeteva Halla dopo di loro, senza rifletterci più di tanto, ma in greco in modo che gli uomini venissero compresi. Furono portati di fronte a un prete di grado più elevato, la cui veste era ricamata con una splendida gloria di santi. Arrivò qualcuno e scrisse a penna su un lungo rotolo di carta. Dissero loro che la questione sarebbe stata portata di fronte a un'autorità più alta. Gli uomini pensarono che tutto andasse bene. Si inginocchiarono per ricevere la benedizione. Tornarono indietro. E attesero. E attesero ancora. E i giorni passavano. E il denaro che si erano portati diminuiva.

Una sera, mentre sedevano depressi senza nemmeno parlare fra di loro, arrivò un prete. Disse di chiamarsi Padre John, sebbene potesse tranquillamente non essere il suo vero nome. Gli uomini si alzarono, si segnarono e inchinarono. Anche Halla si fece il segno dei quattro venti, come avrebbe fatto un orso, sollevando il naso per capire da dove arrivavano i profumi più dolci. Parlarono tutti insieme a lungo e Halla portava le parole da un uomo all'altro. Accesero la lampada che produsse un po' di luce, ma non abbastanza per vedere il viso di Padre John e sapere se stava dicendo la verità o no. Ed era terribile, per gli uomini di Marob, dover pensare questo di un prete, ma dopo essere stati a Miklagard per tutto quel tempo, si ritrovarono a doverlo fare.

Fuori dalla strada dei ciabattini, c'erano canzoni e una sorta di strumento pizzicato che veniva suonato al crepuscolo; dopo un po', la melodia si fermò e loro poterono udire il ciabattino nel negozio di fronte, che non chiudeva mai gli scuri fino alla tarda mattinata, che stava ancora lavorando. In lontananza, si udirono un urlo e i rumori di una rissa da strada, poi niente più. La luna si era alzata nel cielo e il suo scintillio arrivava attraverso l'angolo rotto della persiana, più brillante e argenteo della lampada. Dopo un bel po', sembrò che tutto quello che si poteva dire fosse stato detto, eppure gli uomini ancora non sapevano come quel Padre John l'avesse presa. Non sapevano se fosse stato commosso dal pensiero della giustizia e della fratellanza cristiana, o anche dal pensiero della compassione. Si guardarono l'un l'altro. Halla guardò un topo che era uscito allo scoperto nel silenzio e adesso si era seduto e si pettinava le orecchie con i suoi piccoli artigli. Allora, con un energico fruscio che spaventò e mise in fuga il topo, Padre John si alzò e scese in silenzio le scale dal lato buio, dove la luce della luna non poteva farlo scorgere da nessun occhio che stesse eventualmente guardando.

«Roddin, che pensi di fare?», disse Kiot, passandosi le dita nella barba.

«Se solo lo sapessi!», rispose Roddin. «In questo posto... non si riesce mai a vedere da un capo all'altro della strada, figuriamoci nel cuore degli uomini».

«Doveva essere un affare semplice: fra cristiani. Ma le cose sono diverse. Mi sento come se fossimo finiti in una palude piena di strade segrete dove, se facciamo un passo falso, anneghiamo nel fango. Noi e il nostro popolo».

«Non possiamo rimanere fermi!», disse Tarkan Der. «Il denaro sta finendo. E così il tempo. E a casa... a casa...».

Roddin gli mise una mano sul braccio. «Potremmo dover rischiare di fare un passo falso. Nessuno di noi vuole rimanere qui un giorno in più del necessario. Io ho una moglie e quattro figli. Ricordalo, Tarkan».

«Non oserebbero... con te», disse Tarkan Der. «Ma Dolcepiuma... Suo padre non è potente...». C'era una sofferenza terribile nella sua voce; ad Halla rammentò il dolore di una ferita; ebbe l'immediato desiderio di leccare il punto ferito con una soffice, calda lingua da orso, leccarlo e pulirlo e guarirlo. Ma su Tarkan Der non c'era alcuna ferita visibile, niente che lei potesse fare se non appoggiargli sulla spalla una mano esitante. Lui sollevò entrambe le sue e la strinse forte per un attimo e la paura strozzò la gola di Halla, paura perché, per un istante, il ragazzo le era sembrato un eroe e la sua mano rimase immobile, come un pulcino di beccaccia che si nasconde nel fogliame sentendo dei passi.

Ma lui la lasciò andare delicatamente e Halla capì che era soltanto la sua ferita che parlava alle cicatrici che lei stessa portava su di sé. Allora si sedette rilassata e ascoltò i tre uomini che parlavano della gente di Miklagard. Roddin disse: «Io la vedo così. Che l'imperatore lo sappia oppure no – e che Dio mi aiuti, io non posso essere certo che lui lo sappia o meno –, il governatore è protetto da questo alto funzionario di cui ci ha parlato Padre John, quello che è stato soprannominato "Cancello di Ferro". È probabile che parte di ciò che il governatore, nella sua ingiustizia, prende a noi, arrivi nelle mani di Cancello di Ferro. E Cancello di Ferro compra terre e compra uomini».

«E compra anche il favore di Sangue Blu», disse tristemente Kiot.

«Questo è ciò di cui dobbiamo preoccuparci adesso. Essere ascoltati. E il primo prete con il quale abbiamo parlato non farà niente contro Cancello di Ferro. Ed è stata soltanto una questione di fortuna che la cosa non sia arrivata a Cancello di Ferro e, tramite lui, al governatore».

«Non è stata la fortuna», disse Kiot, «ma la Grazia. L'innocente non soffrirà per sempre».

«Questo è vero», riconobbe Roddin. «Ma lo scriba

che lo ha vergato sapeva che c'erano alcuni che odiavano Cancello di Ferro, uno dei quali è Alexius Argyris. E Padre John è il suo uomo. Quindi lo scriba ha detto a Padre John che aveva qualcosa da dirgli, se avesse potuto pagarne il prezzo e, per fortuna, Padre John aveva il denaro e glielo ha dato».

«Non per fortuna», ripeté Kiot. Ma questa volta Roddin parve non udirlo.

L'uomo proseguì: «Padre John ha deciso di aiutarci soltanto perché noi potremmo essere il mezzo per abbattere Cancello di Ferro. Lui non ci ama. Non sta pensando alla giustizia. È la verità!», quasi gridò.

«Io la vedo così», disse Tarkan Der.

«Forse è vero solo a metà?», disse Kiot. Ma gli altri due, che gli volevano bene, pensavano ugualmente che si stesse sbagliando.

«Perciò la questione», disse Roddin, «è come penseranno di poterci usare come parte del loro progetto. E noi dobbiamo accettare di esserlo, se il governatore andrà via».

«Avremmo dovuto dare del denaro a Padre John!», esclamò, d'un tratto, Tarkan Der.

Gli altri parvero scioccati. «È comunque un sacerdote di Dio!», replicò Kiot.

«Non ne sono sicuro. Non sono sicuro che quello che loro chiamano Dio sia lo stesso Dio».

«Padre John dev'essere stato consacrato».

«Da uno come lui!».

«Ma è una cosa che risale… risale a san Pietro. Non può esservi alcun difetto nel fiume della benedizione. Così diceva mio nonno». Era Kiot a parlare, con il viso ansioso e preoccupato.

Ma Tarkan Der rispose: «Comincio a pensare che

adesso le cose siano diverse. Il latte lasciato troppo a lungo nella ciotola può essere buono, anche se è buona la mucca dalla quale proviene? Ma resta il fatto che dobbiamo pensare a come può usarci. E poi dobbiamo tentare di usare lui. Se nessuno, qui, si preoccupa della giustizia, questo è l'unico modo che abbiamo...».

«Io non penso che sia del tutto così. Ma la giustizia deve guardare meglio. Dalla loro parte. Penso che Argyris possa essere il nostro mezzo per arrivare davanti a Sangue Blu. E forse anche l'unico».

Tarkan Der disse: «Se diamo il denaro a Padre John, come offerta per ringraziarlo per il suo impegno verso i poveri, è una buona scappatoia per il Signore. Se lui è davvero un prete come vediamo, allora il denaro andrà ai poveri, ma il suo cuore si rivolgerà a noi. Se non lo è, allora lo terrà per sé, ma potremmo aver comprato la sua buona volontà».

«Come faremo a sapere come andrà?», domandò ansiosamente Kiot.

«Non lo sapremo mai. Questo fa parte dell'enigma. O, almeno, fino a un po' di tempo dopo. Quanto possiamo dargli?».

Presero dell'oro dai loro nascondigli; ogni uomo aveva oro o gioielli cuciti nella cintura o negli stivali. E ognuno sapeva cosa avevano gli altri. Li mostrarono gli uni agli altri e ad Halla senza cautele, e fu una cosa strana. Perché nel mondo dei draghi non esisteva un solo drago che non tenesse nascosto qualcosa quando mostrava il proprio tesoro a un altro drago. In verità, era raro che mostrassero più di una piccola parte. Tutti, tranne il vecchio Uggi che le aveva mostrato ogni cosa. Perché nei suoi pensieri, anche lei faceva parte del suo tesoro. Ma quegli uomini stavano dicendo addio al loro tesoro e sembrava che non gliene importasse niente, se non fin quando poteva servirgli a ottenere la giustizia che volevano. Ed era un tesoro così piccolo. Tutto intero sarebbe entrato in una sola nicchia di muschio e vi si sarebbe perduto! Per un istante, sentì l'amore che provava per Uggi e, insieme a questo, la sua anima dragonesca le salì agli occhi e alla lingua. «Non potete dare via il vostro tesoro!», disse all'improvviso. «Non dovete! È troppo piccolo!».

«Troppo piccolo?», le chiesero. Perché ebbero l'impressione che lei dovesse saperne parecchio.

«Sì, sì!», rispose lei. «Un tesoro piccolo piccolo... tenetelo! Aspettate... se fosse più grande...».

«È tutto quello che abbiamo», disse Roddin.

«Deve... *deve* essere più grande...».

«Posso lavorare», disse Tarkan Der. «Posso andare al porto». Perché ci aveva già pensato.

«No, non è questo...», replicò Halla. Non riusciva a dirlo a parole.

«Allora possiamo scommettere sulle corse!», disse Tarkan Der con una sfumatura d'amarezza e la voce tremante. I due uomini più anziani stavano guardando intensamente Halla Dono di Dio. Una volta erano stati alle corse dei carri, nei posti più economici, e avevano portato Halla. All'inizio, lei non aveva capito la faccenda delle scommesse, ma era molto interessata ai cavalli e aveva tentato per tutto il tempo di ascoltare in cosa fossero impegnati; riusciva a udire il suono dei loro nitriti al di sopra del rumoreggiare sordo della folla. Uno era un cavallo che aveva conosciuto durante il viaggio e, qualche volta, aiutato. L'animale si lamentava che il suo guidatore lo tratteneva e non lo lasciava andare al galoppo. Altri cavalli ridevano; erano tutti arrabbiati e un po' si detestavano a vicenda. Quel giorno gli uomini, che nel loro paese si intendevano di cavalli e si credevano ottimi giudici, comunque migliori della gente di città, avevano scommesso piccole somme sulle corse. Ma con molta sorpresa e irritazione avevano perso ogni volta. Halla se ne ricordò.

«Sì», disse. «Potete farlo. Ma prima devo parlare con i cavalli».

3
La bocca del cavallo

Halla conosceva la strada per le scuderie dei cavalli da corsa accanto all'ippodromo. Aveva parlato con ogni cavallo che aveva un'espressione intelligente mentre era in città, anche nei giorni in cui gli uomini erano usciti e l'avevano lasciata a casa, aveva parlato con i nibbi che scendevano sul tetto ed erano più avveduti degli uccelli della foresta, ma avevano un odore più cattivo.

Comunque, quelli che sapevano muoversi meglio a Miklagard erano i ratti. Si godevano la città più della maggior parte degli uomini e delle donne che vi abitavano e conoscevano tutti i suoi piccoli percorsi, su ogni livello, dai canali di scolo ai tetti. Ma soprattutto, conoscevano le strade per tutte le scuderie e sapevano come arrivare al granoturco. Halla non aveva mai tirato sassi ai ratti. Loro non erano peggiori degli altri. Lo disse agli uomini, che videro in questo un segno di Dio per il quale ogni vita è sacra. Ma loro tiravano sassi lo stesso. I ratti non entravano mai nella stanza quando c'erano gli uomini, a meno che non stessero dormendo. Ma conoscevano Halla. Sapevano che Halla era amichevole con i ratti. Quando lei gli chiedeva una strada, loro gliela dicevano o gliela mostravano. Perché no?

Le scuderie da corsa erano grandi cortili pieni di stalle; gli stallieri dormivano con i cavalli. Gli aurighi, che erano perlopiù ometti smilzi dal carattere irascibile, vivevano nelle stanze sopra le stalle. Litigavano, si tenevano il muso e qualche volta si avvelenavano l'un l'altro per gelosia. Se però veniva scoperto, al colpevole veniva messa la testa sopra l'incudine e fatto schizzare via il cervello a forza di martellate; per la maggior parte erano schiavi. Ma continuavano a farlo lo stesso.

Nessuno prestava attenzione ad Halla. Lei si appoggiava ai muri e parlava con i cavalli sciti che erano arrivati insieme a lei sulla nave. Uno di loro era terribilmente turbato, aveva mangiato qualcosa che lo aveva fatto star male; gli aurighi davano continuamente ai cavalli da corsa miscugli che pensavano li avrebbero fatti correre più veloci: sangue di uccelli e piume, per esempio, o spezie piccanti. Ora quel cavallo, che era stato chiamato, in greco, "Stella del Giorno", voleva stare tranquillo e non mangiare niente per un po' e poi, quando si sarebbe sentito meglio, mandar giù della buona erba strappata con i suoi denti là dove cresceva. Invece, il suo auriga lo aveva costretto a mangiare qualcosa di ripugnante per i cavalli, gli stallieri gli avevano tenuto le narici e glielo avevano spinto dentro la gola strozzata – nel ricordarlo rabbrividiva ancora. E poi lo avevano bruciato qua e là con un ferro rovente. Lo avevano fatto per scacciare gli spiriti maligni che pensavano avessero fatto ammalare il cavallo e, probabilmente, erano stati messi dentro di lui da un rivale. Uno degli stallieri gridò ad Halla di stare indietro, o quel cavallo l'avrebbe presa a calci. Ma Stella del Giorno le stava strofinando il naso addosso e lei lo accarezzò sotto il mento e intorno alle orecchie, dicendogli che avrebbe cercato di parlare agli stallieri. Uno di loro arrivò con un secchio e Stella del Giorno, pensando che fosse un'altra robaccia disgustosa che volevano fargli ingoiare, diede un calcio allo stalliere e gli ruppe un braccio.

Arrivarono di corsa gli altri, insieme all'auriga. L'ometto strillava che lui non aveva intenzione di correre con un mostro aggressivo come quello e gli altri dicevano che doveva avere ancora il male in corpo e corsero ad arroventare i ferri e far schioccare la grande frusta di cuoio. E Stella del Giorno, a sua volta, urlava il suo odio verso di loro, nitrendo e scalciando, e gli uomini urlavano ad Halla di farsi subito indietro. Ma la ragazza gridò loro che avrebbe calmato Stella del Giorno, se le avessero lasciato fare quello che voleva. Così, quando Stella del Giorno smise di scalpitare, la ragazza sciolse la cavezza, lo condusse fuori, gli fece bere dell'acqua fresca e poi lo coccolò e lo accarezzò. Gli altri si erano tenuti a distanza, in cerchio. Lei disse loro che se non gli avessero più fatto del male, né fatto mangiare schifezze, Stella del Giorno sarebbe stato buono.

L'auriga si avvicinò con molta cautela. Guardò Halla e guardò Stella del Giorno. Halla disse: «Guarda da vicino. Non ci sono diavoli dentro di lui».

«Come hai fatto?», mormorò l'auriga. «Sei una strega? Quanto vuoi per farlo?».

«Voglio che tu sia buono con Stella del Giorno quando è bravo. Dimostragli che non vuoi fargli del male».

Dopo un po' l'auriga andò più vicino e tese entrambe le mani nude a Stella del Giorno, il quale sbuffò e le annusò. L'uomo sollevò lentamente la mano e cominciò ad accarezzare la guancia e il collo del cavallo. Si guardarono negli occhi. L'auriga prese dalla tasca della blusa una pera matura e gliela porse. Stella del Giorno protese leggermente il muso e la mordicchiò. Allora l'uomo diede un morso al frutto e Stella del Giorno lo finì.

«È il miglior cavallo che abbia mai guidato», disse l'auriga, «ma non sono mai stato sicuro di lui».

«Perché nell'ultima corsa lo hai trattenuto?», domandò Halla.

L'uomo si guardò intorno. «Tu sai troppe cose», disse. «Di sicuro sei una strega!».

Halla non disse niente, non era nemmeno sicura di sapere che cosa intendesse l'auriga.

«No», disse l'uomo, improvvisamente. «Non sei una strega! Mi dispiace averlo detto. Ma ci sono cose di cui è meglio non parlare, nemmeno se le dicono i santi. Domani non dovrò trattenere Stella del Giorno. Ma lui sarà bravo e farà del suo meglio?».

«Lui farà del suo meglio se tu prometti di non dargli cibo cattivo, di non fargli del male e di non frustarlo né bruciarlo».

«Era solo per il suo bene», disse l'auriga, poi la sua voce tremò leggermente, «almeno, io l'ho fatto per il suo bene».

«Lui non l'ha pensata così», disse Halla. «Glielo prometti?».

«Sì, signora», rispose l'auriga, si mise la mano sul cuore e fece un inchino, perché adesso pensava che Halla fosse stata mandata quantomeno dal suo santo patrono e supponeva che sua madre avesse continuato ad accendere candele per il santo a suo nome, come di tanto in tanto faceva prima di una corsa, perciò decise che non l'avrebbe mai più derisa per questa sua mania. In segreto, l'uomo recitò tutte le preghiere che conosceva e, nel frattempo, Halla parlò della corsa con Stella del Giorno. Ora, Stella del Giorno amava veramente tanto correre e gli piacevano anche l'odore e la voce del piccolo auriga, ma disse che c'era un certo stalliere di cui detestava l'odore e che, se lui doveva fare del suo meglio, quello stalliere non doveva avvicinarlo. Tutti i cavalli odiavano quell'uomo. Disse ad Halla quale fosse e lei lo riferì all'auriga. Poiché l'auriga era un liberto ben pagato e lo stalliere uno schiavo privo di valore, fu facile farlo picchiare dove Stella del Giorno poteva vederlo e poi portarlo fuori per essere venduto. Vedendo il suo nemico che veniva punito, Stella del Giorno tremò e nitrì di odio e piacere e lo stesso fecero tutti gli altri cavalli, ma ad Halla tutto ciò non piacque.

Domandò quale cavallo avrebbe corso contro Stella del Giorno e l'auriga glielo disse. Adesso voleva dirle ogni cosa. Era un tipo smilzo e non più alto di Halla e chinò la testa sulle mani giunte, mentre le parlava. Halla andò a parlare con tutti gli altri cavalli e li convinse a far vincere Stella del Giorno e a dirlo a ogni cavallo che avrebbe partecipato alla stessa corsa. Alcuni di loro fecero qualche resistenza, perché amavano correre, amavano impennarsi e mettersi in mostra, far sobbalzare i leggeri cocchi dorati con gli aurighi vestiti di tuniche blu o verdi, e amavano avere i loro stessi corpi spazzolati, pettinati e lucenti, in modo che ogni pelo fosse al suo posto e ogni muscolo pronto a scattare in azione. Halla li persuase che se Stella del Giorno avesse vinto la corsa, tutti ne avrebbero tratto vantaggio: la prossima vittoria sarebbe potuta andare a qualcun altro. I cavalli dissero che era una possibilità, ma gli aurighi guidavano i cocchi uno contro l'altro e si prendevano a frustate negli occhi e gli incidenti potevano accadere. Eppure, i cavalli capirono che sarebbe stato meglio decidere fra loro a chi dovesse andare la vittoria. E per quella volta sarebbe andata a Stella del Giorno.

Halla temeva che potessero dimenticarsene già la mattina dopo, ma valeva comunque la pena tentare. Così disse a Roddin di scommettere su Stella del Giorno, di scommettere quasi tutto il denaro che possedevano e di acquistare per lei il posto più vicino al punto di partenza. Gli uomini però erano nervosi e incerti se seguire o meno il suo consiglio, perché cosa ne sapeva lei? Ma alla fine puntarono una grande somma su Stella del Giorno e acquistarono il posto per Halla. Quanto a loro, dissero che avrebbero aspettato fuori perché, se era destino che questa cosa funzionasse, non avevano nemmeno bisogno di vederla e, se non avesse funzionato, non volevano ritrovarsi ad aver speso i pochi soldi che gli erano rimasti nemmeno per il più economico dei posti.

Halla raggiunse subito il proprio posto. Al centro della platea c'era un gruppo di sedili situato più in alto degli altri, separato da ringhiere dorate e tende di seta, e nel punto migliore c'era un ampio e soffice sedile disseminato di cuscini in cuoio ricamato d'oro, imbottiti di piume dove, dopo un po', si adagiò l'imperatore. Ormai Halla aveva capito che Sangue Blu non era un drago, ma soltanto un ometto con le mani sottili e due occhi scuri e infossati che sembrava non guardassero mai niente, vestito con abiti che avevano l'aria di essere troppo pesanti e rigidi per essere indossati da chicchessia. L'uomo era circondato dalle guardie, uomini alti e robusti, dai capelli biondi e la mascella marcata, armati di spade e asce: troppo simili agli eroi, pensò Halla.

Prima della corsa dei cocchi c'erano altri intrattenimenti, ma molti di essi erano crudeli perché si limitavano a mostrare che alcuni uomini avevano potere su altri uomini o sugli animali. E gli altri uomini e gli animali gridavano in preda al panico o all'agonia e ad Halla non piaceva sebbene ad altri, compreso Sangue Blu, pareva invece di sì. Poi c'erano corse minori. E, finalmente, Stella del Giorno e gli altri cavalli arrivarono saltando e impennandosi e tutto l'ippodromo urlava e strillava per i cavalli e i colori preferiti. L'auriga di Stella del Giorno era in verde. Con tutto quel rumore, fu abbastanza facile per Halla chiamare i cavalli e ricordare loro ciò che si erano detti, cioè che Stella del Giorno doveva vincere. E i cavalli nitrirono in risposta, *Sì, sì*, e lei sperò che non si eccitassero tanto da dimenticarsene.

Durante un giro della corsa, una cavalla robusta e con le gambe lunghe, proveniente dalla scuderia blu, rimase per un po' in vantaggio su Stella del Giorno. Poi, all'improvviso, rimase indietro. Si era forse ricordata? Stella del Giorno vinse e Halla vide l'auriga saltare giù dal cocchio e sollevare un braccio per togliere il ciuffo dagli occhi di Stella del Giorno e coccolarlo. Aveva anche notato che, sebbene l'uomo avesse fatto schioccare la frusta in modo impressionante accompagnandola con urla e strepiti, la frusta non aveva mai toccato il cavallo. Mentre entrambi tornavano in trionfo al punto di partenza, Stella del Giorno nitrì ad Halla: *Ce l'ho fatta! Ce l'ho fatta!* E anche gli altri cavalli, contenti di sé quasi quanto lui, nitrirono: *Ce l'abbiamo fatta! Ce l'abbiamo fatta!*

Halla tornò dai suoi compagni e disse loro di raccogliere le vincite. Non voleva rimanere lì un minuto di più. Gli uomini così fecero e poi andarono nella grande chiesa per inginocchiarsi e ringraziare. Lo fecero in una delle cappelle nella quale c'era uno strano santo, vestito con abiti meno ricchi rispetto ai suoi pari e che, probabilmente, non era greco. Dopodiché gli uomini presero tutto il denaro appena guadagnato e lo diedero a Padre John per i suoi scopi caritatevoli. Halla non vi fece molto caso, perché si trattava di semplici monete bizantine, perlopiù d'argento con qualcuna d'oro e, per questo, di poco valore. Ne tennero a sufficienza per scommettere sulla prossima corsa. Padre John li ringraziò solennemente e disse che il denaro sarebbe stato utilizzato al meglio. Fu anche ansioso di sapere se ce n'era dell'altro: «Perché i poveri», disse, «sono sempre con noi».

Roddin disse che forse era possibile, ma il tempo stava passando e loro erano ansiosi, più di ogni cosa, di portare davanti all'imperatore il loro caso. Era stato presentato, disse Padre John. Così, di nuovo, gli uomini aspettarono molti giorni e tutti impararono a parlare il greco di Bisanzio, sebbene fossero ancora abbastanza goffi e preferissero sempre che fosse Halla a parlare per loro. Era strano, ma adesso Halla trovava sempre più difficile, persino per lei, eseguire anche la più piccola magia. Con gli altri lì, non poteva nemmeno cominciare.

A volte, gli uomini andavano in giro per la città, guardandosi intorno, sempre un po' incerti. Una volta Tarkan Der portò con sé Halla nella strada degli orafi e, per ore, rimase a guardare spille e collane, poi le disse quali avrebbe voluto comprare per Dolcepiuma e Halla disse: «Sì, sì, metterebbe questa o quella?». E Tarkan Der parlò e parlò di Dolcepiuma e, nella sua mente e immaginazione, in un certo senso stava facendo ammenda verso di lei per tutti i pericoli in cui la ragazza si trovava e stava abbellendo la sua immagine per timore di non stimarla abbastanza. Eppure, per tutto il tempo, Tarkan Der sapeva che questo non serviva a niente, che lui non le era più vicino adesso che in qualsiasi altro momento e che non aveva più possibilità di difenderla per davvero contro niente di niente. Così, dopo circa un'ora, quando ebbe scelto gli oggetti più belli e preziosi che l'orefice aveva da mostrare e nella sua immaginazione li aveva donati, in ginocchio, a Dolcepiuma, si voltò di scatto e con furia e se ne andò senza dire una parola ad Halla. Ma lei stava pensando che c'era qualcuno che avrebbe apprezzato l'oro molto più di quella ragazza lontana, e quel qualcuno era Uggi. Lui lo avrebbe preso fra gli artigli e lo avrebbe adagiato, con molta cura, nel buio, rendendolo parte del suo tesoro.

4
Ratti e nibbi

Altre tre volte, quando si ripresentarono delle corse importanti, Halla decise insieme ai cavalli chi avrebbe vinto, gli uomini di Marob fecero le loro scommesse e altro denaro andò a Padre John. Ma era difficile perché, adesso che Stella del Giorno era diventato così amico del proprio auriga, voleva vincere sempre. E se il vincitore fosse stato sempre lui, il ricavo delle scommesse su di lui sarebbe diminuito. Ma era difficile spiegarlo a Stella del Giorno e lui non gli avrebbe dato alcuna importanza; pochissimi animali capivano qualcosa di soldi. E poi, fra i discorsi con stallieri e aurighi e la gente che faceva uno più uno, cominciava a suscitare sospetti che gli uomini provenienti da Marob, che stavano vincendo somme importanti, avessero qualcosa a che fare con la ragazza che gironzolava intorno alle scuderie e che qualcuno aveva definito una santa, o qualcosa di molto simile, e invece altri, che avevano perso denaro, una strega.

Halla stava parlando con uno dei cavalli della scuderia verde, quando un topo sfrecciò nella paglia verso di lei squittendo a più non posso. Lei non vi fece attenzione perché non le sembrava giusto che i topi interrompessero una conversazione fra lei e i cavalli. Il ratto corse dritto da loro. Il cavallo scosse la testa perché per lui i ratti contavano poco e il topo rimase fermo sul piede di Halla, cosicché lei fu costretta a notarlo, anche se con rabbia. Ma quello che il topo voleva dirle era che degli uomini armati di pietre e bastoni stavano venendo a cercarla, come se lei fosse un nemico o un ratto, e che quindi doveva fuggire. Quella paura, che non aveva mai del tutto lasciato andare Halla, la riacciuffò e, per un attimo, lei non riuscì a muoversi. Si sentì bloccata. Poi il topo disse: «Vieni, presto! Vieni, presto!». E guardò dietro di lei. Halla, tirandosi addosso il mantello di Odino, lo seguì di corsa non verso il cancello del cortile, ma nell'angolo dov'era il granoturco. Il topo si tuffò dietro un cesto di mais, Halla dovette spostarlo di pochi centimetri, ma vi gettò sopra un sacco per nascondere lo spazio. E così poté udire le voci – voci brutte, rabbiose, ringhianti di cacciatori e di eroi tesi a liberare il mondo da qualcosa che temevano e odiavano!

Dietro il grande cesto, Halla trovò a tentoni la strada, scoprì delle pietre allentate nel muro e si spinse nel buio vuoto sotto il pavimento. Si chiese se i ratti fossero consapevoli delle sue dimensioni notevolmente superiori alle loro ed ebbe l'orribile paura di essere afferrata per i piedi e trascinata indietro, impotente, rabbrividendo al solo pensiero di quel primo tocco. Udì dei passi sopra la sua testa, qualcosa che sbatteva. L'ambiente puzzava di topi. Halla si addentrò ancora di più, strisciando, più silenziosamente che poté. A un tratto urtò accidentalmente la tana di un ratto e ricevette un morso sul braccio, ma leggero. Aveva i capelli pieni di detriti e le ginocchia e i gomiti scorticati e sanguinanti. Udì il vestito che si strappava, ma il mantello era più resistente. Mantenne su di esso la presa ferrea di un'orsa. Poi la sua mano, tendendosi in avanti, trovò soltanto uno spazio vuoto, buio. Sotto di lei, il rattò squittì e una pietruzza cadde producendo un tonfo liquido.

Ma lei dovette contorcersi ancora, la sua mano si tese ancora di più, trovò un altro muro e un appiglio. Halla si tirò con il braccio per avanzare e cadde nel punto dal quale il topo l'aveva chiamata, sentì del fango sulle caviglie e un liquido tiepido risalirle fino alle ginocchia e capì di trovarsi negli scarichi delle scuderie. Ma i topi non se ne curavano e se a loro non importava, perché doveva importare a lei? Meglio avere lo sterco di quei cavalli gentili sui piedi, piuttosto che sentire la stretta di quegli uomini crudeli.

A quel punto, i topi le misero fretta, loro potevano vedere al buio ed erano spaventati. Ma per quanto Halla si chinasse e tendesse le braccia davanti al viso, continuava a sbattere la testa e, ben presto, cominciò a piangere mentre camminava. Lo scarico formò un angolo, scese verso il basso, i topi lanciavano squittii di incoraggiamento – ormai ce n'erano tanti. La ragazza proseguì. A giudicare dall'odore terribile, si era imbattuta in qualcosa di peggio dello sterco dei cavalli. Halla boccheggiò e si affrettò, acclamata dai topi che scorrazzavano al suo fianco. Ogni tanto c'era un condotto che lasciava arrivare dell'aria fresca e leggera e Halla avrebbe voluto arrampicarsi e uscire, temendo che il fetore l'avrebbe sopraffatta fino a farla cadere definitivamente. Ma i topi continuavano a incitarla finché, alla fine, non vide una luce davanti a sé e, barcollando, proseguì per quella che le parve una lunga strada e uscì sotto le mura della città, vicino al mare, in mezzo a rifiuti e detriti. Era pieno di mosche. Pezzi di vasi rotti le pungevano le caviglie. C'era un animale morto di una specie non identificabile. Ma i topi danzavano e saltavano intorno a lei, scodinzolando, poi tornarono di corsa nello scarico. Halla entrò in mare dove si lavò più e più volte, strofinandosi con la sabbia, e ne uscì vestita di brandelli di stoffa bagnati. Poi si chiese se osasse tornare dagli altri, o se anche loro fossero ricercati.

Finalmente vide le ali arrotondate di un nibbio femmina che volava in circoli e Halla le lanciò un fischio. Lo scuro uccello spazzino scese dal cielo, portandosi dietro un lezzo di marciume. Halla le chiese di vedere se intorno alla sua casa c'era una folla di uomini o altri segni di agitazione. Il nibbio si allontanò volando in curve fluide e Halla rimase seduta in mezzo ai detriti sperando che tutto andasse bene. Il nibbio tornò. «Molti uomini sono stati lì», le disse, «e i tuoi uomini se ne sono andati».

Per un attimo Halla provò una felicità come quella del nibbio che si innalza in volo in cerchi solitari. Non c'era più bisogno che si desse pena per loro e il loro tesoro, non doveva più star male per il cuore straziato di Tarkan Der e la sua Dolcepiuma. Adesso poteva viaggiare leggera come le aveva ordinato Odino. Si guardò intorno con lo sguardo attento dell'orsa. Ma quella non era una regione selvaggia, lì non c'era cibo da prendere e le mura di Miklagard torreggiavano dietro di lei guardandola con i loro occhi. Dietro le mura c'era del cibo, ma lì prendere significava rubare e rubare era pericoloso. Dovevi tuffarti in picchiata come il nibbio, che rubava la carne dai banchi dei macellai o sui vassoi che i venditori di dolci portavano sulla testa, tuffarti e volare via. I piedi erano troppo lenti.

Meglio, allora, tornare dietro le mura e trovare gli uomini di Marob. Halla rimase ferma a fissare il muro. Al di sopra di esso, balzò il cavallo alato con Steinvor che portava un eroe morto sotto il braccio. Il cavallo scese fino a lei posando gli zoccoli con molta attenzione, come per evitare un cumulo di rifiuti, e chiuse le ali.

«Mi sembrava che fossi tu», disse Steinvor, liberando con un calcio il piede dalla staffa, incrociando una gamba sull'altra e sistemando meglio l'eroe in modo che ciondolasse in egual misura ai due lati del cavallo. Aveva il cranio sfondato, forse da una pietra. «Odino ti ha mandato su una lunga strada», osservò.

«Sono venuta qui per conto mio», rispose Halla.

«Oh, tutti voi lo pensate», ribatté Steinvor, «ma noi sappiamo. Siamo soggetti a degli ordini. È tutto qui, tutto nella tessitura. Come cadono i semi, così crescono gli alberi. Guarda cosa ho preso».

«Gli sta sgocciolando via il cervello», disse Halla, alquanto disgustata.

«Non gli servirà», rispose Steinvor. «In realtà non gli è mai servito. Era uno delle guardie variaghe, gli eroi dell'imperatore, li hai visti».

«A qualcosa gli è servito», osservò Halla, guardando l'imponente collana d'oro che, adesso, veniva trascinata appesa al collo penzolante dell'uomo.

«Oh, sì. È venuto qui in cerca di nidi di drago. Credendo a tutto quello che gli avevano detto su al Nord. Ed è andato tutto bene fino a quella strada stretta, quando ha colpito con un'ascia un ciabattino che stava tentando di tirare su la serranda del proprio negozio e la moglie del ciabattino gli ha fatto cadere in testa una pentola di ferro piena di cibo. Il tizio aveva un elmo nuovo che non gli calzava a pennello. Se si fosse tenuto quello vecchio, sarebbe stato bene. Gli è servito per farsi bello!».

Ma Halla stava riflettendo. «Un ciabattino?», chiese.

«Certo. È stato nella tua strada. Quando la folla – lo sai, è opera di Cancello di Ferro – è venuta a cercarti».

«Ma che cosa c'entra Cancello di Ferro con le corse dei cavalli?».

«Oh, c'entra eccome. E ormai avrà saputo anche dei tuoi uomini».

«Li ha uccisi?», domandò Halla e, d'un tratto, per la prima volta, odiò veramente Cancello di Ferro. Fino a quel momento era stato soltanto un nome nella storia di altre persone. Ma adesso, se aveva ucciso i suoi uomini, la storia sarebbe stata la sua.

Steinvor tese un braccio, staccò una piuma dalle ali del suo cavallo e ci si stuzzicò un dente. «Oh, no», disse. «L'altro li ha raggiunti in tempo. Argyris. Padre John gli ha detto che potevano individuare i vincitori ogni volta e lui era interessato. Ma loro sono preoccupati per te. Pensano che tu sia stata uccisa. Tarkan Der ha tentato di scappare per venire a cercarti. Adesso lo hanno legato».

«Allora devo trovarli», disse Halla. Non le piaceva sapere di persone che venivano legate.

«Non c'è fretta. Gli uomini di Argyris non gli faranno del male. In effetti, adesso stanno andando dall'imperatore. Lo sai, come volevano. Quindi adesso non hanno bisogno di te».

«Devo essere la loro bocca».

«Oh, il vecchio sa parlare greco abbastanza bene, per quanto gli serve. Perché non ti unisci a noi, Halla?».

«Me l'hai già chiesto. A me non piacciono gli eroi».

«Oh, ti abitueresti. Ma, ovviamente, Odino potrebbe avere altri piani per te».

«Odino si è completamente dimenticato di me. Io sono stata soltanto una piccola mosca impigliata in una ragnatela nella foresta. Lui mi ha tirata fuori e lasciata volare via».

«Forse. Be', farò meglio a riportare indietro questo qui, oppure si chiederanno che cosa mi stia trattenendo. Se vuoi trovare gli uomini di Marob, entra in quel cancello e vai avanti finché non arrivi al piccolo mercato della frutta. Poi, puoi domandare».

«Sì, di sicuro ci saranno dei topi nel mercato».

«Potresti anche chiedere alle fruttivendole, sembri una sporcacciona che viene dal villaggio. E puzzi anche come una di loro. È colpa della comunella con i topi. Sono peggio dei draghi».

«Io puzzo?», disse Halla, guardando preoccupata gli strappi nel suo vestito. Aveva lavato via gran parte dello sporco e adesso i suoi stracci avevano ovunque macchie di umido e sale. E puzzava da morire.

«Sì, mia cara! Ti dico cosa puoi fare. Prendi il mantello di quest'uomo, coprirà ogni cosa».

Ma Halla fece un passo indietro. «Non mi ha portato del bene, prendere l'oro di un eroe morto». Perché sentiva, dentro di sé, uno spasimo dragonesco verso le frange e i fermagli d'oro del mantello e non lo voleva, in questo momento.

«Oh, va bene. Come vuoi. Io devo andare». Steinvor si rimise seduta in sella e tirò le redini. Il cavallo aprì un'ala, poi l'altra e spiccò il volo sul mare. Halla avvolse il mantello di Odino sopra l'abito, sembrava che, su di esso, la sporcizia e il cattivo odore fossero venuti via meglio. Entrò nel cancello, a testa bassa e con il mantello stretto addosso. Raggiunse il mercato della frutta e non ebbe difficoltà nell'individuare un ratto che si arrampicava su un frutto mezzo marcio gettato nello scarico principale del mercato, e tutti erano troppo occupati a urlare quanto fossero buoni ed economici i propri prodotti e quanto cattivi e cari fossero quelli degli altri, così non notarono Halla che chiedeva la strada e il topo che correva davanti e si infilava nella stradina tortuosa, piena di negozietti, che portava in un'altra strada stretta e vuota, questa volta fiancheggiata da due alti muri con alberi e rampicanti che si riversavano su di essi. E così Halla arrivò alla porta secondaria della grande casa di Alexius Argyris, che occupava l'intero angolo fra due isolati.

Lì, in una piccola stanza, infelicemente seduti su una panca, c'erano gli uomini di Marob, e Tarkan Der aveva le mani legate dietro la schiena e il viso segnato dalle lacrime. C'era una guardia seduta su uno sgabello che mangiava semi di girasole e canticchiava fra sé e sé una canzoncina. Quando Halla Dono di Dio entrò nella stanza, Tarkan Der gridò e gli altri due corsero da lei e la baciarono. Halla chiese alla guardia di liberare Tarkan Der.

«Non aver paura», disse l'uomo, «se lo facessi, il bastardo mi stenderebbe a terra. È quello che ha fatto prima».

«Ora non lo farà», disse Halla. «Voleva soltanto me e io sono qui». Così dopo qualche brontolio, la guardia liberò Tarkan Der e tutti quanti si rimisero seduti e continuarono ad aspettare. Di tanto in tanto, la guardia dava loro dei semi di girasole.

5
Il Mastro Drago

Padre John entrò e parve più che felice di vedere Halla, ma scioccato dai suoi vestiti. Si fece mandare un abito nuovo e glielo appoggiò addosso, ma avendo molta cura di non toccare il suo mantello. Poi li condusse nel cortile interno dove Lord Alexius Argyris era seduto su un sedile di marmo in mezzo a cespugli di rose dolci e scure. Accanto a lui c'era uno stagno con dei pesci. Ogni tanto Alexius sbriciolava del pane per i pesci e, ogni tanto, per una folla di colombe che si spintonavano e insultavano in un linguaggio da colombe piuttosto infuriato, sotto le rose e in aria.

Lord Alexius guardò i tre uomini e Halla come se fossero animali di un'altra specie e parlò di loro con Padre John come se non potessero comprenderlo. Padre John non faceva che inchinarsi, ma gli altri si erano inchinati soltanto al momento di entrare. Parte di quello che i due si dicevano era molto difficile da capire, perché aveva a che fare con persone e disposizioni delle quali nemmeno Roddin sapeva alcunché e ad Halla non interessavano. Alla fine, l'uomo disse a Padre John: «Chiedile delle corse». E Padre John disse ad Halla che Sua Eccellenza desiderava sapere, se non era peccaminoso domandare certe cose, come faceva a conoscere quale sarebbe stato il vincitore di una gara.

«Lo chiedo ai cavalli», disse Halla, che si stava divertendo ad ascoltare le colombe, il cui linguaggio contrastava decisamente con il loro aspetto.

Padre John si inchinò nervosamente e riferì la sua risposta.

«È pazza», disse Lord Alexius, «ma chiedile quale sarà il prossimo vincitore».

«Come faccio a saperlo finché non ho visto i cavalli?», rispose Halla. «E forse non faranno nemmeno quello che dicono. A volte gli aurighi li frenano e gli impediscono di vincere. Dovete chiedere agli aurighi di smetterla, signore», aggiunse. «Rovina la corsa ai cavalli».

Lord Alexius rise. «Dopotutto, forse non è pazza. Che cosa pensi di lei, Foxy?». Perché questo era il nome sconvolgente che lui usava per Padre John, il sacerdote di Dio.

Padre John alzò la testa e disse: «La sua pazzia viene dall'alto». E si segnò.

Lo stesso fecero i tre uomini di Marob e, dopo un po', Lord Alexius, ma pigramente e con un gesto plateale che mise in mostra gli anelli sulle sue dita. Guardò ancora i tre e si rivolse a Padre John.

«Pensi che la loro storia reggerà?». Padre John annuì. «Allora digli che domani dovranno andare al palazzo. Falli mangiare», aggiunse, «e ricorda loro chi è stato ad aiutarli. Più tardi farò parlare la ragazza con i cavalli. Sarà una cosa nuova».

Poi girò le spalle e se ne andò. Padre John li portò in una sala più bella, dotata di tappeti e arazzi, ordinò agli schiavi di portare vino e cibo, il migliore che avessero mai mangiato in tutto quel tempo, e chiese che la spada di Tarkan Der, che gli era stata presa, gli fosse restituita. Poi disse loro come, per carità cristiana, Lord Alexius Argyris li avrebbe condotti davanti all'imperatore, avrebbero potuto raccontare la loro storia e giustizia sarebbe stata fatta e gli innocenti sarebbero stati soccorsi. E gli uomini lo ringraziarono, ma Roddin in cuor suo sentì che non era felice come lo sarebbe stato all'inizio. Né sicuro di come sarebbe andata. E nemmeno sicuro che, ipotizzando che tutto avrebbe funzionato bene, sarebbe stato per un motivo giusto.

Padre John li invitò a mangiare e, soprattutto, a bere di più e tentò con cautela di indurre Halla a dire esattamente cosa aveva fatto alle corse. Lei non fece mistero delle sue conversazioni con i cavalli, ma non volle dire delle sue difficoltà con Stella del Giorno, per paura che potessero separarlo dal suo auriga. Sentiva che quello era proprio il genere di cose che in quel luogo potevano essere fatte. Comunque, Padre John non le credette, non poteva credere in una cosa così semplice. Ma forse gli uomini di Marob sì. Dopo che lui se ne fu andato, Halla disse agli altri come era fuggita attraverso la fogna, ma non disse che i ratti l'avevano aiutata. Era strano, ma tanta gente disprezzava i topi sebbene, per molti aspetti, i ratti si comportassero nello stesso modo.

«Avevamo paura che ti avessero uccisa», disse Roddin, «per quanto tu sia protetta. Ma in questo posto, loro si mettono fra Dio, le sue strade e la sua volontà».

«Perché tutte le loro chiese», disse Tarkan Der, «sono marce persino nei mattoni. Un uomo mi ha detto che eri stata uccisa e, per un po', io non ho creduto in Dio. E non ho perdonato i miei nemici».

«Che Dio ci aiuti», disse Kiot, «vorrei tanto che fossimo fuori da qui».

«E che la cosa per cui siamo venuti fosse fatta», disse

Roddin. «A volte mi chiedo... se l'avessimo saputo, come sarebbe andata...».

«Così tanto tempo», disse Tarkan Der, «e nessuna notizia».

«Tornerai da lei, figliolo», disse Roddin. «Se c'è un pericolo, lei sarà nascosta. Sai che hai moltissimi amici».

«Se ci fosse un'allerta», rispose Tarkan Der, «ma se arrivano di notte... e la portano via... Oh, Dio!».

«Preghiamo», disse Kiot, «che questo amaro calice si allontani da te e da tutti noi». Così si inginocchiarono e pregarono. Halla si inginocchiò con loro e pensò a Steinvor, ai ratti e all'agilità e alla bellezza del nibbio che si tuffava in picchiata.

Il giorno successivo arrivò in giardino una grande lettiga coperta, trasportata da otto uomini più due di riserva, nella quale i tre compagni e Halla furono fatti salire. Poi furono tirate le tende e i quattro si sentirono sollevare, scuotere e muovere.

Tarkan Der tentò di guardare fuori attraverso una fessura, ma una mano richiuse bruscamente le tende dall'esterno. Dentro la lettiga faceva molto caldo. Gli uomini di Marob, nei loro abiti pesanti, sudavano e si preoccupavano. Tarkan Der uccideva tutte le mosche, una dopo l'altra. Halla lo guardava. Non aveva molta simpatia per le mosche. Nessuno vorrebbe condividere alcuna delle loro caratteristiche.

Roddin si infilò le dita nella barba. «Quando saremo dall'imperatore», disse, «la prima cosa da fare sarà essere sicuri che sappia che siamo stati mandati da tutti gli abitanti di Marob e che non siamo qui solo per noi stessi».

«La prima cosa», disse amaramente Tarkan Der, «è ricordare tutto quello che ci ha detto Padre John sull'inchinarci, baciare il pavimento e comportarci come animali».

«Nessun animale bacia il pavimento», disse Halla, «soltanto gli uomini».

Tarkan Der scoppiò a ridere e le mise un braccio intorno alle spalle. Lei non se ne preoccupò. Erano tutti felici del fatto che stesse ridendo.

Kiot disse: «Noi non sappiamo cosa sia stato detto su di noi. Avranno potuto dire qualsiasi cosa. Avranno mischiato tutto con quella rissa da strada. Senz'altro l'imperatore sarà stato informato, come minimo, visto che sono coinvolte anche le sue guardie».

«Ho parlato un poco con uno di loro», disse Tarkan Der. «Dice che presto se ne andrà via da qui. Si trasferirà in un'altra città che si chiama Holmgard, non appena avrà messo insieme un tesoro sufficiente qui».

E così c'era qualcuno che accumulava per davvero un tesoro, pensò Halla. Ma quell'uomo era un eroe, oppure intendeva un tesoro vero – un tesoro da drago? Aveva in mente una caverna?

«Dov'è Holmgard?», domandò Roddin.

«A nord. A nord. Al di là di dove siamo noi. Al di là dei Red Riders. Ha detto che c'è la neve per cinque mesi all'anno. Ha anche un altro nome: la gente, lì, la chiama Novgorod. E lì la legge dell'imperatore non ha valore. Hanno una loro legge».

«Questa sarebbe una buona cosa», disse Roddin.

«C'è stato un tempo», disse Kiot, «in cui abbiamo creduto che la legge dell'imperatore fosse anche la legge di Dio. È quello che disse il primo prete. Mio nonno Niar è morto perché, allora, questo era vero. O lui pensava che lo fosse. Di sicuro è morto a causa di ciò che credeva essere buono. Se noi non fossimo venuti qui, avremmo potuto continuare a crederlo».

«E adesso», disse Tarkan Der, «adesso, nella migliore

delle ipotesi, perdiamo un cattivo governatore e, forse, ne otteniamo uno buono. Ma non saremo capaci di credere che arrivi da Dio. Il popolo di Marob lo saluterà come l'ambasciatore di Dio. Ma noi sapremo che non lo è affatto. Siamo diventati diversi da tutti gli altri».

«Se le cose fossero andate avanti secondo l'antica tradizione», disse Roddin, «tu, Tarkan Der, saresti potuto essere Re del Granoturco di Marob».

«Avrei potuto, sì, Roddin», rispose lui, «ci ho pensato». E nascose il viso in uno dei cuscini della lettiga che procedeva a scossoni.

In quel momento la lettiga si fermò di colpo, si udì un altolà e il tintinnio metallico dei soldati. La lettiga fu posata a terra, ma neanche allora fu possibile aprire le tende e vedere dove si trovassero. La lettiga fu risollevata e, questa volta, i suoi occupanti furono scossi e inclinati su una gradinata e caddero gli uni addosso agli altri. Poi furono rimessi a terra e gli venne consentito di uscire. Si trovavano in una lunga sala con il soffitto a volta e le pareti affrescate da disegni in cui alcuni cavalieri dalla pelle rossa e gli occhi neri avanzavano a cavallo impettiti e rigidi, più grandi del normale; delle enormi lepri fuggivano di corsa in mezzo a prati dall'erba appuntita. Di fronte a loro c'erano altre tende, ancora tirate. Gli uomini si guardarono e bisbigliarono. Roddin prese il pettine d'osso da sotto la cintura e se lo passò fra i peli induriti della barba grigia, poi lo passò agli altri. Halla, dando una tiratina ai suoi capelli aggrovigliati pensò che, lì dentro, dovessero esserci ancora dei detriti.

Padre John entrò per dire loro che il momento era arrivato. E loro dovevano ricordare di prostrarsi e di avanzare soltanto in ginocchio. «Lasciate che tenga io i vostri mantelli», disse a Roddin, «sarà più semplice». E prese i loro pesanti mantelli di feltro orlati, alla maniera di Marob, di colori diversi e con gli angoli adorni di un ricamo fatto di conchiglie. Ma quando fu la volta di Halla, lei fece un passo indietro dicendo «No» e il prete non osò insistere, perché sapeva quando gli altri avevano nel loro spirito una cosa che a lui mancava. «Venite», disse.

Superate le tende, camminarono per qualche passo quasi al buio, su di un pavimento in leggera salita poi, all'improvviso, furono alla luce. Sebbene fuori vi fosse una mattina calda e senza nuvole, all'interno le tende erano tirate e ardevano delle candele in uno stupefacente luccichio di colori: il blu compatto del lapislazzuli, il verde della malachite, il viola venato del porfido e oro ovunque, sotto forma di qualsiasi oggetto se ne potesse ricavare: alti candelabri, maniglie delle porte, piccole fontane, lampadari, candele profumate, in quella caverna illuminata, la caverna, in effetti, di un Mastro Drago, pensò Halla.

Padre John mormorò: «Adesso… giù!».

E tutti si misero in ginocchio e avanzarono strisciando o chinando la testa verso lo stesso ometto, vestito con abiti pesanti, che Halla aveva visto alle corse. E anche adesso i suoi occhi non guardavano nessuno, ma sempre qualcosa al di là.

Anche Kiot, notandolo, pensò all'improvviso che Gesù non aveva guardato così l'umanità, né lo avevano fatto i Re del Granoturco.

Finalmente, arrivarono vicino a lui inginocchiati sopra un tappeto ricamato con favolosi disegni di uccelli. Riuscirono a vedere i suoi piedi calzati in stivali di pelle viola ricamata d'oro, ma lui rimaneva due gradini più in alto di loro, assiso sul suo trono. E sul primo gradino c'era Lord Alexius Argyris con una pergamena in mano. Dietro di loro, un segretario con un lungo soprabito verde e nero era in piedi, penna alla mano e calamaio alla cintura, pronto a prendere appunti. Sangue Blu borbottò qualcosa che loro non riuscirono ad afferrare. Ma Padre John, da dietro, disse che potevano raddrizzarsi sulle ginocchia. Sembrava che Sangue Blu avesse chiesto informazioni sulla donna e gli fu spiegato che la donna era la loro voce e che era dotata anche sotto altri aspetti. Qualcuno osservò che non la si vedeva mai senza quel mantello stretto addosso che aveva tutta l'apparenza di una reliquia. Sangue Blu si mostrò interessato e disse che, se era vero, il mantello doveva esserle tolto e dato a una delle chiese. Indubbiamente era previsto. Il mantello poteva essere messo direttamente sotto la custodia di Padre John. Il prete fece un inchino profondo.

«Dopo», disse Lord Alexius, «dopo sarà fatto sicuramente».

Nessuno di loro, ovviamente, parlò, ma Halla si strinse al suo mantello e si chiese che cosa avrebbe detto Odino di tutto questo.

«Adesso ascoltiamo quello che hanno da dire», disse Sangue Blu. «Digli di parlare».

Lord Alexius fece un cenno a Roddin il quale cominciò il suo discorso, ricordando di menzionare per prima cosa tutti i titoli che Padre John gli aveva detto di usare. Sostenne quello che aveva da dire tramite i testi sacri, soprattutto il Nuovo Testamento. Gli altri due tenevano gli occhi bassi. Kiot stava pregando. Sentiva che era quello il modo in cui poteva essere più utile. Halla, che stava osservando tutto con tranquillità, vide che mentre Roddin citava appassionatamente da quella cosa che era, insieme, una parte della sua vita e il motivo delle sue azioni, Sangue Blu era impassibile, e una volta fece persino un piccolo sbadiglio, mentre sul viso di Lord Alexius spuntava un sorrisetto. Padre John alzò gli occhi ed eseguì i gesti dell'osservanza religiosa che adesso, pensò Halla, lei conosceva. Il segretario prese nota dei testi, ma non si disturbò a trascriverne le parole.

Tramite Lord Alexius vennero poste delle domande. Chi era esattamente quella delegazione e che cosa rappresentava? Roddin, non conoscendo le risposte a memoria, incespicò un po' sulle parole. Halla divenne la sua portavoce. Per quanto tempo Marob aveva fatto parte dell'Impero romano? E in quali circostanze? Glielo dissero e Kiot parlò di suo nonno, il martire, e Halla lo tradusse in greco. Quando parlò di Niar e di come si fosse lasciato uccidere a causa del suo credo, perché sentiva di essere dalla parte della bontà, della misericordia e della giustizia, Halla capì finalmente il significato di tutto e perché quegli uomini pregassero e perché lei provasse dell'affetto verso di loro e le piacesse aiutarli e comprendere la loro lingua.

Le domande continuarono. Sangue Blu incrociò uno stivale sull'altro e unì la punta delle dita. Ogni tanto parlava sottovoce a Lord Alexius. Due volte udirono il nome Cancello di Ferro, una delle quali seguita da Lord Alexius che apriva le mani e ridacchiava e Sangue Blu che sollevava le sopracciglia e poi diceva qualcosa al segretario voltando appena la testa.

Un'altra domanda e i dettagli di quali crudeltà e ingiustizie fossero state perpetrate dal governatore. Risposero parlando tutti e tre insieme, con Halla che spostava lo sguardo dall'uno all'altro, afferrando rapidamente le parole e trasformandole in greco. Roddin aveva le lacrime agli occhi mentre parlava di certe cose che erano state fatte. Persino Sangue Blu sembrava leggermente turbato.

Poi, Lord Alexius disse: «E io ho la dichiarazione di un mercante la cui nave è approdata in quel luogo dopo che questi uomini ne sono partiti. Parla di ulteriori azioni tiranniche».

Dopodiché svolse la pergamena e i tre uomini, rendendosi improvvisamente conto che quelle erano notizie provenienti dalla loro patria, rimasero in silenzio ad ascoltare. La pergamena si trasformò in un catalogo di accuse ingiuste, multe, carcerazioni, rapimenti, torture e assassinii. Di tanto in tanto, spuntava un nome, un nome di Marob, tradotto in greco. Ma quasi subito gli uomini capirono di chi doveva trattarsi. Halla li vide irrigidirsi e sussultare. Le mani di Kiot si serrarono nella tensione di una supplica. Il braccio destro di Tarkan Der si sollevò nel primo movimento di un uomo che sta per impugnare la sua spada. La lettura proseguì rivelando che il governatore aveva scoperto che alcuni uomini di Marob erano partiti alla volta di Bisanzio ed erano stati così grandi il suo livore e la sua crudeltà che aveva preso la fidanzata di uno di loro, una ragazza di nome Dolcepiuma. E che le avevano fatto certe cose. Finché non era morta. In quel momento Roddin afferrò per le spalle Tarkan Der, lo stava sostenendo. E Halla si sentì come quando Uggi era tornato a casa strisciando, con addosso la ferita mortale: sentì la terribile esigenza di prendere su di sé il dolore di un altro, senza avere alcun modo di poterlo fare. E Tarkan Der si premette le mani sullo stomaco e lanciò un orribile grido strozzato, come se lo avessero ferito a morte in quel punto, e impallidì.

Dopo, sembrò che fosse passato un tempo lunghissimo, eppure furono soltanto alcuni minuti quando Sangue Blu si alzò dal suo trono e parlò per la prima volta direttamente agli uomini: «In virtù della mia sacra clemenza e giustizia imperiale io ordino che il vostro governatore sia destituito e che riceva una punizione. La scelta del suo successore sarà nelle mani del mio fidato amico, Lord Alexius Argyris. Perciò potete essere certi, figli miei, che tutto andrà bene e che il nostro potere giungerà fino ai confini del mondo cristiano!».

«Giù!», mormorò Padre John. «Giù!». E tutti chinarono la fronte sul tappeto finché Sangue Blu non fu andato via. Poi Lord Alexius parlò con Roddin del nuovo governatore. Halla era vicino a loro in quanto interprete, dal momento che anche Roddin era molto scosso. Se a Dolcepiuma avevano fatto quelle cose – e soltanto pensarci lo faceva sentire male – che cosa non avrebbero potuto fare ai suoi figli e a sua moglie. Disse che sperava che a tutti loro fosse concesso di tornare a casa immediatamente.

«Certo, potrete ripartire», disse Lord Alexius, «con la nave che porterà il nuovo governatore e sarete sotto la sua protezione e benevolenza. Non siamo ignari del fatto che la vostra gratitudine per l'aiuto ricevuto qui ha preso la forma di doni ai poveri. È stato un gesto molto apprezzabile, sì, davvero molto apprezzabile. Ma quanto alla faccenda delle corse», aggiunse, «devo interrogare la giovane donna. E, dato che Sangue Blu lo desiderava, il suo mantello, che è senza dubbio un'importante reliquia – di cui dovrà spiegarci il possesso e a quali santi lo deve –, dovrebbe rimanere nella capitale del mondo. Dove sarà al sicuro».

Roddin alzò la testa per rispondere ed era palesemente incollerito. Ma Halla gli prese la mano, mormorando: «Non dire niente… lascia fare a me». Quindi fece un'espressione umile e disse che sarebbe stata al servizio di Sua Signoria, ma che prima doveva tornare indietro con gli altri e aiutarli con il padrone e capire se magari era possibile contribuire ulteriormente alla beneficenza della grande città. Dopo, gli avrebbe detto tutto quello che desiderava sapere.

Lord Alexius acconsentì e disse, anche, che Padre John gli avrebbe riportato la deposizione del mercante, nel caso in cui vi fosse qualcosa che non avevano capito correttamente. Poi richiamò la grande lettiga per farli riportare indietro. Loro vi entrarono e il viaggio cominciò. Rivissero lo stesso calore e gli scossoni e i suoni da fuori che c'erano stati all'andata. Ma era tutto diverso. E adesso Tarkan Der, che non aveva ancora pianto, tremò tutto ed emise lunghi e profondi singhiozzi, e il suo corpo si mosse a scatti, come quello di un animale morente. Halla si spostò vicino a lui e si mise la sua testa sulle ginocchia per aiutarlo a piangere più facilmente.

TERZA PARTE

1
Lontano

Erano di nuovo nella piccola stanza. Il ciabattino, che li aveva considerati persone tranquille e a modo ed era rimasto turbato quando non li aveva visti tornare dopo che erano stati presi dalle guardie, domandò cosa fosse accaduto. Gli dissero che la loro missione aveva avuto successo, che l'imperatore li aveva visti, ma che erano arrivate cattive notizie da casa. Il ciabattino, guardandoli uno alla volta, capì che era la verità.

«E l'imperatore in persona vi ha ricevuto!», disse. «Che meraviglia! Avrete qualcosa da ricordare per tutta la vita».

«Lo avremo», disse Roddin, ma con una voce che preoccupò a tal punto il ciabattino che, poco dopo, l'uomo mandò sua moglie al piano di sopra con vino dolce, mandorle e i suoi rispettosi complimenti. La donna moriva dalla voglia di fare un'infinità di domande sul palazzo e sugli abiti dell'imperatore, ma vedendo l'aspetto dei tre uomini non ne ebbe il cuore.

Poi arrivò Padre John a dire loro che, se erano interessati a cogliere l'occasione, sarebbero potuti arrivare a casa anche prima del nuovo governatore. C'era una nave diretta a Olbia che avrebbe potuto fare tappa a Marob, se volevano andarsene immediatamente, ed ebbero l'impressione che il prete fosse felice di sbarazzarsi di loro, quasi quanto loro volevano allontanarsi da lui e da Bisanzio. Ma la nave sarebbe salpata con la marea mattutina del giorno successivo, perciò dovevano prepararsi immediatamente. Se avevano affari da sistemare, per esempio una piccola offerta di ringraziamento che avrebbero voluto fare, se ne sarebbe occupato lui.

«Sì», disse Roddin. «Sì. Andremo via».

«E lei rimane». Padre John guardò Halla in un modo che la ragazza ebbe difficoltà a decifrare, ma capì che l'uomo stava architettando qualcosa per esserne certo. Per tenerla lì. Per sempre.

«Sì!», rispose in fretta. «Io resto!». E, da dietro la schiena, fece un cenno agli altri.

Roddin disse: «Quando verrà richiamato il governatore?».

«Una delle navi messaggere imperiali partirà con la vostra stessa marea, ma andrà più veloce. Se ne sarà andato prima che voi siate lì».

«Grazie a Dio. E il nuovo... è un amico di Lord Alexius Argyris?».

«È un vero cristiano», disse Padre John.

«Un vero cristiano... allora è un povero?».

«No, no», rispose Padre John. «Al contrario, è molto ricco. Non avrà bisogno di farvi pagare tasse onerose». Sorrise ai tre uomini, forse augurandogli persino il meglio, mostrando verso di loro una gentilezza di cuore, ora che lo avevano aiutato nei suoi piani. «E saprà che Lord Alexius è il vostro protettore, quindi vi aiuterà sicuramente a vendicarvi dei vostri nemici».

«Ma il vecchio governatore sarà andato via».

«Scoprirete sicuramente», disse Padre John, con uno sguardo scaltro e mordace, «che qualcuno della vostra gente è stato coinvolto esattamente quanto il vecchio governatore».

Tarkan Der alzò gli occhi per la prima volta. «È vero», disse. C'era stato, una volta, un uomo che desiderava Dolcepiuma, ma lei… lei. Il ragazzo scoprì che non poteva pensare a lei per più di un istante senza che quella terribile nausea lo investisse di nuovo.

Roddin disse subito: «Padre, lei dirà al capitano di quella nave che stiamo arrivando. E quando tornerà ci aiuterà con le nostre faccende». Padre John fece un inchino e lanciò una lunga occhiata obliqua ad Halla, seduta su uno sgabello con addosso il vestito nuovo e le mani in grembo.

Kiot disse: «Quindi questo ricco governatore cristiano, che è una creatura di Lord Alexius, ci aiuterà a vendicarci. E poi, quando qui ci sarà un rovesciamento del potere, o quando l'imperatore verrà avvelenato e un altro prenderà il suo posto, arriverà un altro governatore mandato da Cancello di Ferro e vendicherà gli altri su di noi e così, nel nome di Dio e del suo Sacro Romano Impero, continuerà all'infinito. È un bene che mio nonno non possa sapere per cosa ha dato la sua vita». E Kiot era più amareggiato degli altri due perché aveva creduto più a lungo che, dopotutto, Bisanzio fosse in un certo senso il vero pozzo delle dottrine del Signore e del suo Reggente sulla terra.

Roddin disse: «La mia mente è molto scossa. Forse dovremmo tentare di impedire al nuovo governatore di arrivare. Tarkan Der, figlio del Re del Granoturco, guiderai tu il popolo di Marob?».

Tarkan Der alzò lo sguardo e scosse la testa. «No. Non adesso. Io non tornerò mai più. E se lo facessi, loro manderebbero un esercito contro di noi. Loro possono pagare un esercito e non rischiare nemmeno una delle loro vite».

«Non tornerai mai?», domandò Roddin, molto angosciato.

«No», rispose il ragazzo, «non posso tollerare nemmeno di posare lo sguardo su Marob. E, inoltre, sono troppo pieno di odio e forse potrei non perdonare i miei nemici. Potrei essere indotto in tentazione. Non posso nemmeno avvicinarmi all'inizio del perdono. Così andrò dove ha detto quella guardia variaga, a nord, a Holmgard. È una citta migliore di questa. O almeno così ha detto lui».

«Che cosa potresti fare lì?».

«Se andrò lì, potrò diventare un combattente, una guardia del re. In quel modo, coloro che potrei uccidere non sarebbero i miei nemici. Non avrei nessuna tentazione. Sarebbero soltanto i nemici di un re qualsiasi. Non sarebbe affar mio, né di Dio. Ma non tornerò a Marob».

«Forse anch'io...», disse Roddin.

«Tu sei più vecchio di me. Puoi affrontare ogni cosa. Loro hanno bisogno di te. Ma staranno meglio senza di me. Potrei danneggiare Marob. Lo sento dentro di me. Verrò con voi, ma quando arriveremo a Marob salperò con la nave verso Olbia e oltre. Da adesso in poi, viaggerò».

«Forse anch'io andrò a Holmgard», disse Halla.

All'improvviso, tutti pensarono a lei. «Oh, Halla Dono di Dio, la nostra Halla», disse Kiot, «che cosa farai?».

«Penso che in un modo o nell'altro sarò su quella nave», disse Halla.

«Come fuggirai?», domandò Roddin, ansiosamente. «Perché non possiamo lasciarti qui. In questa terra senza Dio. Noi ti vogliamo bene».

«Non resterò qui», disse Halla, «ma non so come».

«Vai adesso!», esclamò Tarkan Der.

«Se lo facessi, sicuramente Padre John non vi lascerebbe salire sulla nave. Deve pensare di essere sicuro di me. Dobbiamo dirci addio. Ma vi dico che verrò».

Così, per il momento, lasciarono fare ad Halla e al Dio che gliel'aveva donata. Prepararono i loro bagagli e furono d'accordo nel lasciare una certa somma a Padre John, il quale arrivò quella sera per condurli al porto. Lì, Halla li salutò e loro ebbero il terribile timore di non rivederla più in quella vita. Anche Dolcepiuma era stata affidata alle mani di Dio, ma Dio non doveva aver avuto la sua salvezza nei propri piani, e chi poteva sapere che cosa aveva in serbo per Halla? Roddin e Kiot le diedero un bacio e poi, all'improvviso, Tarkan Der la baciò e fu un bacio lungo e appassionato che gli lasciò sul viso un'espressione stupefatta. Ma Halla tornò indietro con Padre John e il prete le stava già parlando delle corse. Le stava dicendo quanto bene si poteva fare, per esempio, a un monastero con quel dono della preveggenza e, forse, lei stessa poteva diventare una suora e dare a Dio non soltanto il suo mantello, ma tutti i suoi doni. In effetti, se non lo avesse fatto, si sarebbe potuto pensare che la preveggenza arrivasse da Satana, e questo sarebbe stato un serio problema per lei.

Halla aveva sentito parlare dei monasteri e del potere che avevano alcuni di essi e dei vasi d'oro custoditi nelle loro cappelle, ma non sapeva quale fosse l'occasione per usarli. Così lo chiese a Padre John e ascoltò la risposta con tanta attenzione da far pensare al prete di averla convinta a seguire il suo suggerimento. E, di tanto in tanto, Padre John riportava il discorso sul mantello e la sua provenienza, ma Halla glissava sempre, poi ricominciava a parlare dei suoi affari con i cavalli e a dirle che, per l'immensa gloria di Dio e per aiutare i suoi amici che erano tornati a casa, lei avrebbe dovuto rivelare a Lord Alexius Argyris come sarebbero andate alcune delle corse più importanti. E Halla pensava, fra sé e sé, che se avesse fatto arrabbiare Lord Alexius, lui avrebbe potuto fare del male agli uomini di Marob una volta arrivati a casa, e per questo doveva procedere con cautela.

Padre John le disse, poi, che per il bene della sua reputazione da quel momento in poi avrebbe fatto meglio a soggiornare in un convento e Halla acconsentì con grazia e andò con lui, mentre rifletteva su come sarebbe stato possibile parlare con i cavalli di fronte a Lord Alexius. Era sicura che a loro non sarebbe piaciuto e non si sarebbero fidati di lei, vedendola in sua compagnia. Non ci sarebbe stato modo di sapere come avrebbero agito Stella del Giorno o gli altri cavalli. Be', se ne sarebbe occupata quando sarebbe arrivato il momento.

Padre John portò Halla e il suo esiguo bagaglio al convento. Gli uomini di Marob avevano voluto che lei tenesse un po' del loro denaro, ma Halla ne prese molto poco. *Viaggia leggera*, disse a se stessa. Il prete la affidò a una donna anziana e alta, tutta vestita di nero con un velo bianco, che parlò in tono serio con Padre John e, alla fine, si inginocchiò per ricevere la sua benedizione. Ad Halla questa cosa non piacque perché pensò che la donna sembrava buona. Poi, Padre John fu accompagnato al cancello e la chiave si richiuse dietro di lui per poi tornare sulla cintura della donna alta, la quale le parlò con gentilezza. Era già sera inoltrata e Halla ancora non riusciva a pensare a un modo per arrivare alla nave.

Il convento sembrava composto di un atrio, una cappella e numerose stanzette intorno a un cortile. In una di queste Halla lasciò il suo bagaglio. Ci fu la cena e poi tutte andarono nella cappella per pregare, portando la ragazza con loro. E poi fu notte. Halla rimase sveglia e, quando tutto fu silenzioso, si alzò e cominciò a girare con cautela per il convento. Se fosse riuscita a trovare un ratto, o anche un topolino, magari poteva trovare una via d'uscita. Arrivò a tentoni fino in cucina, ma non c'era alcun fruscio di zampette e tutto era quieto e pulito. Le mura erano troppo alte e lisce per poterle scalare e ogni cancello era chiuso a chiave e sbarrato. Quando l'alba fu vicina, Halla tornò nella sua cella e pensò alla nave che sarebbe salpata con la marea della mattina e ai tre uomini che l'aspettavano. E avrebbe voluto più di ogni altra cosa abbattere quelle mura che le impedivano di raggiungerli. Ma stare così male non serviva a niente. *E forse*, pensò, *questo è un addio e per me ci sarà qualcos'altro*. Eppure, pensava ancora fermamente che sarebbe dovuta essere sulla strada per Holmgard. Con questo pensiero si addormentò e poi fu giorno e la nave doveva essere già salpata.

Halla andò a sedersi in giardino e osservò quello che accadeva intorno a lei. Ogni tanto la donna alta veniva a parlarle. In una delle stanze più grandi, altre quattro donne, sempre vestite di nero, stavano cucendo in silenzio delle vesti color oro e porpora. In una parte ombreggiata del giardino, un'altra donna, uguale alle altre, stava dipingendo su un foglio di pergamena un piccolo mondo immobile e bellissimo. Ma si udì il suono di una campanella e, immediatamente, tutte lasciarono le proprie occupazioni e si affrettarono a entrare nella cappella. Guardarono Halla, ma lei non le seguì. Invece andò a guardare il foglio dipinto a metà. I margini erano ricoperti di ghirigori, alcuni disegnati con un tratto sottile, altri già dipinti con colori densi e oro. Proprio al centro del disegno c'era un trono d'oro e, seduta sopra, una figura con una barba scura e violacea e occhi neri e oro e un'aureola dorata dietro la testa. Odino non era così.

Quando le ombre del giorno si allungarono, le suore portarono fuori le persone malate che curavano in una delle altre sale. C'era un auriga che era stato sbalzato fuori dal cocchio e trascinato. Aveva una gamba rotta, un braccio malamente ferito e una gran quantità di lividi e continuava a piangere perché temeva di non poter tornare mai più a correre. Non era libero e poteva essere venduto come manodopera a basso costo, se non guariva bene. Voleva parlare sempre delle corse, ma nessuna delle suore che si occupavano di lui ne aveva mai vista una, quindi era inutile tentare di conversare con loro. Ma Halla parlò con lui e questo lo tranquillizzò per un po'. La donna alta osservò la cosa con uno sguardo d'approvazione.

Un altro di quegli uomini era uno dei mastri tessitori di tappeti. Aveva male allo stomaco e si lamentava. E un altro che portarono fuori sembrava troppo malato persino per lamentarsi. Aveva una ferita slabbrata nel fianco e, sebbene da fuori non avesse un brutto aspetto, all'interno c'era chiaramente qualcosa che non andava. Dicevano che fosse un uomo delle guardie dell'imperatore, i variaghi, e che era stato ferito in una rissa di strada due giorni prima. Molto probabilmente stava morendo e loro avevano tentato di scoprire se fosse cristiano, ma i compagni che lo avevano portato non lo sapevano e non erano parsi interessati alla questione. Così, gli misero un crocifisso sul petto e sul respiro affannoso che ne usciva, e sul crocifisso gli appoggiarono le mani, mentre un prete veniva ogni tanto a vedere se volesse parlare. Ma l'uomo non parlava con parole intelligibili e il suo respiro era una serie di rantoli e adesso aveva gli occhi semichiusi dei quali si vedeva soltanto il bianco. Halla lo stava osservando. L'uomo aveva i capelli rossi e anche sul dorso delle mani e sui polsi c'era una fitta peluria rossastra. Portava un anello d'oro con un rubino su una delle dita.

Halla sentì il respiro di un cavallo sul collo e si girò.

«Ancora tu!», disse Steinvor. «Che cosa diamine fai qui?».

«Non voglio stare qui», rispose Halla. «Puoi portarci via entrambi? E poi lasciarmi sulla nave?». Perché immaginava che Steinvor fosse venuta a prendere il variaga: somigliava troppo a un eroe.

«Be', dal momento che sei un'altra dei figli di Odino, immagino di sì», disse Steinvor, «ma non aspettarti che sarà un divertimento: non sei esattamente un peso piuma. Aspetta finché non l'ho afferrato per bene, poi salta dietro. E stai attenta a tenerti». Lanciò un'occhiata all'uomo. «Fa' la brava e togli quella croce: potrebbe bruciarmi le dita».

Halla si avvicinò all'uomo, gli tolse con delicatezza il crocifisso e lo mise da una parte, mentre il petto di lui si sollevava ancora una volta. Prima che il prete facesse più di un'espressione attonita, l'uomo esalò l'ultimo respiro e Steinvor si chinò per afferrarlo per le spalle. Halla prese la rincorsa, saltò e si arrampicò dietro di lei sul cavallo alato, tenendo il mantello con i denti ed entrambe le mani saldamente ancorate al destriero che si alzò in volo. Halla chiuse gli occhi e si tenne forte mentre salivano, poi il cavallo si raddrizzò in orizzontale e volarono sopra i tetti delle case e all'improvviso fu come volare con Uggi e Hroar e gli altri e Halla si sentì a suo agio, come da bambina. Ma continuò comunque a tenersi.

Le suore e il prete, che non si aspettavano né credevano in una valchiria, non la videro. Videro, però, scomparire l'uomo deceduto e Halla innalzarsi verso i cieli in un turbinio, sfortunatamente insieme al mantello che nessuno aveva avuto la presenza di spirito di trattenere. Tuttavia, la ragazza aveva lasciato nella cella il suo bagaglio. Quello, furono d'accordo, doveva sicuramente essere testato come reliquia. Se un qualsiasi oggetto in esso contenuto avesse avuto poteri miracolosi, allora almeno avrebbero guadagnato qualcosa.

2
Marob

Il cavallo alato si stava allontanando di malumore ed era chiaro che niente gli sarebbe piaciuto di più che scrollarsi di dosso Halla, ma la ragazza disse che la nave non doveva essere lontana e allora planarono in cerchio sullo stretto del Mar Nero. C'erano due o tre navi, apparentemente molto piccole, con le vivaci bandiere sventolanti sulla prua e, all'inizio, Halla non fu sicura di quale fosse quella giusta. Ma poi vide la camicia gialla di Tarkan Der, che era un colore insolito, e che lei aveva lavato abbastanza da poterla riconoscere. E c'erano anche gli altri due. Halla scivolò giù da un'altezza di quasi cinque metri – più vicino il cavallo non volle andare – ma atterrò sul ponte, accanto a loro, senza farsi male. Quando ebbe finito di tirarsi su e rassicurare i tre che era davvero lei e che tutto andava bene, il cavallo era ormai lontano, un puntino nel cielo del Nord che tornava al galoppo verso il Valhalla.

La ragazza non spiegò come fosse arrivata. Sarebbe stato troppo difficile. Gli uomini di Marob non avevano né le parole né il pensiero per immaginare una valchiria. Lei era contenta di essere di nuovo con loro, in una nave, e loro erano contenti di riaverla, pensando che fosse ormai perduta. Adesso, non potevano intraprendere alcuna azione. Era la nave a portarli.

Spesso si sedevano, parlando molto poco, per ore e ore, e davanti a loro scorreva il mare, verde o blu scuro. A volte Kiot camminava su e giù e borbottava. Era rimasto terribilmente scosso. Era un uomo anziano che aveva tentato di vivere tutta la sua vita da cristiano e avrebbe perdonato il governatore per qualsiasi abuso fatto a lui, ma non si trattava più soltanto di questo. Si trattava dell'ingiustizia verso un'intera comunità che era stata sicuramente dello stesso tipo – soltanto peggiore – dell'ingiustizia dei farisei che Gesù aveva combattuto con rabbiosa amarezza. Era giusto intervenire. Eppure, se non fosse intervenuto, se avesse perdonato il governatore per qualcosa di imperdonabile, allora non si sarebbe sentito turbato fino alle radici del suo essere. Tanto tempo prima, aveva sentito parlare della grande chiesa della Parola Sacra, Santa Sofia, meraviglia del mondo cristiano. Adesso l'aveva vista e la visione, per lui, era stata dolorosa perché era mischiata con la certa e personale conoscenza della corruzione della Chiesa. Cercò di non pensarci. Cercò di tornare, pregando, a quello che era stato un tempo, ma quella strada gli era preclusa. Ormai si sentiva vecchio, come non si era sentito sulla strada dell'andata.

Roddin sapeva che cosa turbava il suo caro amico e non poteva aiutarlo in nessun modo. Avevano fatto quello che dovevano fare, ma adesso non era chiaro se fosse stata una cosa buona e ancora non si sapeva quale sarebbe stato il prezzo da pagare. E Tarkan Der, l'erede del Re del Granoturco, non sarebbe mai più tornato a Marob. Roddin lo osservò mentre se ne stava seduto a guardare il mare, e il suo viso pareva più magro e più duro e, ogni tanto, la sua mano, quasi per propria volontà, scattava indietro e afferrava quella di Halla Dono di Dio. Ma la sua mente era consapevole di ciò che faceva la sua mano?

Durante il viaggio di andata, Tarkan Der aveva cantato, spesso. Adesso non cantava mai.

Roddin e Halla cucinavano insieme. Roddin aveva detto al capitano della nave che la ragazza sarebbe arrivata e poi lei era arrivata. Quando un marinaio aveva detto che era caduta dal cielo, il capitano lo aveva picchiato per aver mentito. In ogni caso, non gli interessava il modo in cui lei era salita a bordo. Si comportava bene, non dava problemi, teneva una pietra piatta sotto la cucina a carbone e capiva quando le si parlava. Quando arrivavano in un porto, scendeva a riva insieme a uno degli uomini e comprava tutto ciò che serviva. Lentamente, la nave avanzava lungo la costa. La nave messaggera imperiale li aveva superati la sera del primo giorno. Il vento era calato e le navi si muovevano lentamente, ma in quella messaggera gli schiavi remavano con forza e regolarità, quasi fossero cose inanimate.

Sebbene sapesse quanto fosse inutile agitarsi per una situazione ignota, e sebbene pregasse spesso, Roddin si ritrovò a dormire meno e a rimuginare continuamente come, con quali parole, con quale corazza avrebbe potuto affrontare le cattive notizie, se fossero arrivate. Il suo viso sarebbe impallidito, poi si sarebbe contratto in una smorfia, e poi sarebbe diventato di pietra. Aveva paura di essere colpito dalla stessa cosa che aveva colpito Tarkan Der. Aveva paura di allontanarsi dai suoi amici come Tarkan Der adesso, chiuso in un piccolo mondo di dolore. Si domandò se Halla Dono di Dio, ora, non fosse più vicina a Tarkan Der di quanto lo fossero lui o Kiot.

Passarono i giorni. Una volta vi fu una tempesta ed ebbero tutti il mal di mare. In seguito, tornò la calma e Halla parlò con le focene che giocavano intorno alla nave ed ebbe una mezza idea di unirsi a loro, tanto sembrava delizioso immergersi e riemergere nell'aria calda, la momentanea sensazione della pelle asciutta, la luce momentanea negli occhi accecati e poi il tuffo verso le profondità fredde e traslucide. *Ma forse*, pensò, *con me non funzionerebbe così. Conosco il fuoco, ma l'acqua mi fa pensare alle sirene, e anche le code delle focene. E qui non c'è un drago che viene a salvarmi, se commetto un errore.*

E poi il disagio degli uomini iniziò ad aumentare. Cominciò tutto con l'avvistamento di un promontorio verdeggiante e con un lungo banco di sabbia dal quale la nave si tenne ben lontana. Dopo, gli uomini rimasero per tutto il tempo a guardare affacciati al parapetto. Al contrario Tarkan Der gli voltava la schiena e contemplava, invece, l'enorme, sconfinata distesa del mare sul lato opposto. Andarono avanti così per due giorni, poi Roddin e Kiot prepararono i bagagli. Ognuno, a turno, tentò ancora di persuadere Tarkan Der a tornare insieme a loro. Lui rifiutò. E adesso stavano puntando verso terra, nella baia di Marob. Il ragazzo si nascose sottocoperta, fra cime e vele. Halla andò a cercarlo: si era trasformato in una specie di orso dentro una tana, con la testa sepolta fra le zampe. Quando gli parlò, inginocchiandosi accanto a lui, all'improvviso Tarkan Der la tirò giù sulla vela fredda con un braccio intorno al collo e la guancia bagnata appoggiata alla sua. Rimasero così per un po'. *Se potesse dormire*, pensò lei, *se potesse superare dormendo i mesi infelici, la rabbia del cuore, i mesi di morte e freddo e mancanza di quello che più desidera al mondo, e svegliarsi quando quel tempo è ormai trascorso e appannato e un nuovo anno sta per cominciare. Ma forse è troppo presto per il letargo*, pensò poi, *e oltretutto lui non è un orso.*

Si allontanò da lui con delicatezza e lo coprì con una vela. La nave si stava avvicinando in fretta a terra. Gli altri due erano pronti per andare. Halla andò con loro, ma disse che sarebbe tornata prima del tramonto, quando la nave sarebbe ripartita. Aveva sentito parlare così tanto della loro città. E adesso era reale. E poi qualcuno li vide e li riconobbe, si chinò subito a baciare le loro mani e si affrettò a portarli dalla baia dentro una casa. Erano di nuovo parte della città. Halla li seguì.

Gli uomini stavano parlando rapidamente e a bassa voce mentre lei si guardava intorno e vedeva gli oggetti di quella casa che erano leggermente diversi dagli oggetti delle altre case: la giara per l'acqua, la madia per il cibo, il modo in cui era costruito il camino per il fuoco, le reti da pesca appesantite con le pietre di Marob, i finimenti per i buoi di Marob, la cerniera sugli scuri, il chiavistello sulla porta, il disegno dei tessuti, tutto costruito in base a un diverso modo di operare e parole differenti per nominarne i prodotti. Halla vide il viso di Roddin distendersi per la felicità, poi l'uomo si girò verso la ragazza dicendo che sua moglie e i suoi figli si erano rifugiati in tempo dal padre di lei che li aveva tenuti al sicuro. La casa di Roddin era stata confiscata dal governatore, molto probabilmente ogni cosa era sparita, i cavalli, i mobili, ma non aveva importanza... niente aveva importanza. E il governatore era stato richiamato, era tornato indietro con la nave messaggera imperiale, fra rabbia e violenze. Sì, negli ultimi giorni erano state uccise persone e distrutte cose. Ma era noto che i tre che si erano recati a Bisanzio avevano fatto quello che Marob aveva chiesto loro di fare.

Altre persone entrarono nella stanza e la folla rese l'ambiente caldo e buio. Una persona chiese di Tarkan Der. «Non tornerà più», disse Roddin. Allora un altro annuì e disse che non c'era stata solo Dolcepiuma. Ma anche Yillit era tornato troppo presto e, negli ultimi giorni, era stato catturato e ucciso, in modo scioccante, oltretutto. Roddin si rivolse ad Halla: «Era suo fratello minore, che lui credeva in salvo. Non dovrà mai sapere quello che è accaduto». E Halla annuì.

In giro c'erano ancora alcuni amici del vecchio governatore che giuravano che sarebbe tornato. Sarebbe stato meglio, per Roddin e Kiot, rimanere nascosti finché il nuovo governatore non fosse arrivato, poi tutto sarebbe andato bene e ci sarebbero stati i ringraziamenti. Ma, nel frattempo, Dio poteva essere ringraziato per la sua misericordia in molti cuori. A questo, l'espressione di Kiot si fece triste e seria, ma poi entrò un altro uomo. Indossava un abito da prete, ma semplice, e dalla sua figura spirava gentilezza. Lui, Roddin e Kiot si scambiarono un bacio e si fecero il segno della croce, e ad Halla parve che, improvvisamente, i due fossero tornati indietro in qualcosa che era necessario alla loro vita, come le focene che si rituffavano nel loro mondo acquatico.

Ormai alcune persone erano uscite dalla casa e adesso la luce stava cominciando a splendere e a lambire la stanza attraverso la finestra aperta e Halla capì che doveva andare via. Salutò in fretta, i due uomini le toccarono il viso, le mani e le pieghe del mantello di Odino, e lei tornò verso la baia e poi a bordo. Il capitano della nave si stava preparando a partire, perché c'era un vento di terra favorevole che lo avrebbe portato in mare aperto.

Mentre si allontanavano dalla baia di Marob, Halla scese sottocoperta e, in silenzio, scostò la vela che copriva Tarkan Der. Lui la guardò, vide la polvere sui suoi sandali e la fissò.

Lei disse: «Li laverò».

Lui annuì brevemente e si coprì le orecchie con le mani, in attesa di essere lontano da ogni suono e, alla fine, dalla vista della terra.

3
Fuoco

E così, adesso, stavano tornando verso nord e faceva meno caldo, poi arrivarono fino al delta piatto e alla costa sabbiosa, alla macchia del grande fiume che si riversava in mare e infine a Olbia. Era strano, ma ora Tarkan Der cominciava a sentirsi meglio. Riusciva persino a cantare un poco. Succedeva lo stesso agli uccelli della foresta nei primi giorni di primavera, pensò Halla, quando il calore del sole cominciava a impregnare le loro piume gelate. Presto avrebbero cominciato a cantare tutti i giorni. Così, per il momento, il ragazzo cantava fra sé e sé lungo la strada principale di Olbia, con un braccio intorno ad Halla, mentre cercava altri viaggiatori che stavano andando a est, risalendo il fiume, e poi verso Holmgard o Novgorod, o come altro si chiamava. Poneva le domande per conto suo, non voleva lasciarsi aiutare da Halla. La lingua di Olbia non era molto diversa da quella di Marob e c'era sempre qualcuno che parlava greco. Adesso che non ne avrebbe più avuto bisogno, sembrava che volesse parlarlo. Scesero lungo le banchine del fiume. Con la coda dell'occhio Halla vide le ombre guizzanti dei ratti sopra e in mezzo ai cumuli di sacchi di grano. Tornò indietro e li interrogò. Chi, meglio di loro, conosceva i movimenti delle navi?

Sì, c'era un battello che stava caricando in quel momento, a buone trenta corse di ratto da lì, lungo la banchina. Halla lo riferì a Tarkan Der.

«Halla Cercatrice di Sentieri!», esclamò lui e, all'improvviso, la prese fra le braccia e la baciò. Lei si sciolse dall'abbraccio, imbarazzata, eppure, malgrado tutto, le piaceva tanto Tarkan Der e voleva il suo bene. Lui non ripeté il gesto, ma si limitò a prenderla per mano e, ogni tanto, a farla oscillare. Quando arrivarono al grosso battello dal fondo largo, il ragazzo contrattò con furbizia e riuscì a ottenere un posto per Halla. In breve il battello fu caricato e l'equipaggio cominciò a manovrarlo per allontanarlo dalla banchina e dai luminosi e schivi occhi di topo che li guardavano andar via.

Navigarono controcorrente, sfruttando il vento che c'era con le vele quadrate e pesanti, ma anche con gli schiavi ai remi per tutto il giorno, che li trascinavano contro la forza del fiume. Halla era dispiaciuta per gli schiavi e parlò con loro in quella che ognuno sapeva, con tenue stupore, essere stata un tempo la propria lingua. Ma Tarkan Der li guardava, esausti e feriti, e non gli importava. Per un po', la pietà in lui fu morta.

Arrivarono a Kiev, che Halla ricordava. C'era una battaglia in corso fra due re. Un uomo venne al battello e parlò con il capitano e poi con Tarkan Der chiedendogli di unirsi alla guerra e promettendo una buona paga. Versarono del vino e lo bevvero. Tarkan Der parlava con una voce che Halla, un po' discosta, sulla prua del battello, non gli aveva mai sentito. Alla fine urlò il suo nome e Halla andò da lui, che le chiese se doveva andare a combattere per il principe di Kiev contro i suoi nemici oppure no.

«Che guerra è, questa?», domandò Halla.

L'uomo disse che era una guerra contro i ribelli che dovevano essere schiacciati prima che diventassero forti.

«Questo principe», disse Halla, «è soltanto un governatore?».

L'uomo cominciò a parlare, ma il volto e la voce di Tarkan Der erano cambiati. «Avevo dimenticato», disse, «ma io sono cristiano».

«Ma anche il principe è cristiano», replicò l'uomo. «Ha costruito una grande chiesa, una meraviglia del mondo. Ha fondato dei conventi…».

«Avevo dimenticato», disse Tarkan Der, «che devo proseguire, non voglio fermarmi qui». E l'uomo se ne andò via arrabbiato, giurando che sarebbe stato punito, ma Tarkan Der non se ne curò affatto.

Eppure, il giorno successivo, quando ripartirono, il ragazzo era accigliato e preoccupato e non parlava molto. La sera, chiese ad Halla di farlo dormire sotto il suo mantello, perché non era sicuro di aver agito bene e aveva bisogno di una guida e, forse, Dio gli avrebbe mandato un sogno. Halla, sebbene la cosa non le piacesse poi tanto, gli lasciò tenere il mantello per una notte. Lei stessa dormiva abbastanza bene sotto il suo. Al mattino, lui le restituì il tessuto blu scuro.

«Hai avuto un sogno?», domandò al ragazzo.

«Profuma di te», disse lui, e la guardò intensamente. Ma Halla pensava come un'orsa.

«È la mia pelliccia!», rispose, e gli tolse di mano il mantello. Dopodiché, come facevano sempre mattina e sera, si misero in ginocchio e pregarono. A volte, coloro che sul battello si definivano cristiani, si inginocchiavano e pregavano insieme a loro. Ma senza Kiot e Roddin non era la stessa cosa. E ogni giorno si avvicinavano di più al Nord.

Arrivò un momento e un luogo in cui il battello venne

scaricato e vendette tutte le merci provenienti da sud, da Bisanzio e oltre: il vino, le olive, la frutta secca, i tessuti, i cristalli, coppe e ciotole, qualche oggettino dorato e di bronzo. Il battello caricò pellami, granoturco, lana e altri prodotti provenienti dall'estremo Nord o dall'Est, soprattutto ambra. Il capitano mostrò loro come un pezzo d'ambra, lucidato, avrebbe catturato una mosca e, con il tempo, l'avrebbe mangiata... per esempio, lì c'era dell'ambra con la macchiolina di una mosca imprigionata al suo interno. «È come la volontà di Dio», disse Tarkan Der, e Halla non fu sicura di capire cosa avesse in mente.

Ma il battello doveva invertire la rotta e tornare verso sud, a Olbia, e le cose che lei aveva portato a bordo sarebbero state scaricate e viste dai ratti presenti sul molo e allora i ratti sarebbero stati caricati di nuovo a bordo per andare al di là del mare, fino a Marob e Bisanzio. E coloro che volevano proseguire verso est dovevano prendere una nave più piccola lungo il fiume poco profondo oppure via terra, e non dovevano perdere tempo perché l'autunno era alle porte, insieme alla neve e al letargo degli orsi e all'impossibilità di viaggiare. Tarkan Der aveva ancora del denaro, perché gli altri gli avevano lasciato quasi tutto quello che possedevano. Era denaro greco, d'oro con la piccola, brutta effigie di Sangue Blu, che veniva accuratamente pesato in bilance, osservando entrambi i lati, in contrapposizione ai pesi che si erano ritenuti corretti.

Così, Tarkan Der noleggiò dei cavalli e proseguirono il viaggio in una carovana, da una tappa all'altra. Il ragazzo faceva del suo meglio per parlare con gli altri uomini di armi, guerra e caccia e delle usanze delle città e delle leggi di Holmgard, che erano rigorose e piene di giustizia e una garanzia di pace e rispetto per gli affari conclusi. Sarebbe stato più facile parlare se Halla avesse fatto da interprete, ma per la maggior parte del tempo lui non glielo chiedeva, così lei cavalcava dietro agli uomini e parlava da sola oppure con qualsiasi altro essere vivente le capitava di incontrare. I cavalli, oberati di lavoro, passati da un padrone all'altro e trattati come oggetti, avevano poco da dire. Ma c'erano delle gru e degli aironi che volavano in cerchio e avevano notizie di un certo tipo, e ogni tanto un castoro, sebbene i castori fossero troppo occupati per una conversazione leggera, dal momento che i tronchi erano il loro tesoro e i loro progetti erano tutti rivolti ad accumularne.

Ma una volta Halla si imbatté in un basilisco che sonnecchiava sull'erba secca e che lei svegliò tirandogli delicatamente la coda. L'animale ruotò gli occhi immediatamente e la fissò, ma lui non era abbastanza possente, oppure per una qualche ragione Halla era immune. La bestia si lamentò del tempo e, quando Halla gli suggerì di andare a sud, per restare al caldo, lui si lamentò ancora di più per il fatto che i suoi vecchi luoghi di ritrovo erano pieni di donne e uomini che non avevano alcun rispetto per i basilischi. Persino quando emigravano nei deserti egiziani trovavano eremiti che li esorcizzavano, in modo estremamente goffo, e rendevano i loro occhi inutili per giorni. La bestia stese un'ala in un modo talmente familiare per Halla che si sentì obbligata a chiedere al basilisco se avesse visto dei draghi mentre si trovava lì al Nord.

«Niente di più che una salamandra», rispose tristemente lui, «niente di feroce».

Ma Halla non gli diede molto peso perché era noto che i basilischi avessero la vista acuta soltanto per i loro nemici. Eppure, ogni tanto, Halla sentiva che le avrebbe fatto piacere avere notizie dei draghi.

Se rimaneva troppo indietro, gli uomini si voltavano verso di lei e la chiamavano a gran voce. Quando disse a Tarkan Der del basilisco, lui ne fu preoccupato e quasi arrabbiato con lei. Era come se non volesse che lei fosse il tipo di donna che si ferma a parlare con i basilischi. Perciò, dopo, Halla rimase seduta in silenzio fino alla fine della giornata di marcia verso nord. Ogni giorno li portava un po' più vicini a Holmgard. Ogni sera arrivavano in un posto nuovo e, una volta tolte le selle, facevano mangiare e abbeverare i cavalli, accendevano i fuochi, scaldavano l'acqua e cucinavano per loro stessi. A volte poteva esserci una qualche sorta di riparo costruito per le carovane, e a volte soltanto un luogo aperto.

Di notte, le bestie selvatiche ululavano e uggiolavano tutt'intorno a loro, mentre annusavano il cibo e dicevano: «Osiamo? Osiamo?». Gli uomini montavano a turno la guardia per l'accampamento; una volta Tarkan Der uccise un lupo. Ma i viaggiatori temevano molto di più gli altri uomini. Era per loro che montavano la guardia e che le frecce erano sempre pronte accanto agli archi.

Le giornate divennero più brevi e le notti più fredde. La carovana avanzava più in fretta possibile, osservando il cielo. I venti sembravano arrivare da un luogo ghiacciato, tagliavano volti e mani, strattonavano i mantelli. La campagna era piatta e, a volte, dovevano farsi strada faticosamente nelle paludi, in fila indiana. Ma il capo della carovana conosceva la strada e aveva attraversato quelle paludi parecchie volte. Alla fine arrivarono a un fiume, grande quasi come quello che avevano lasciato, ma che scorreva verso nord, la stessa direzione nella quale stavano andando. Così, salutarono i cavalli e presero un altro battello. Dopo aver pagato per il cibo che avrebbero consumato a bordo fino al giorno dell'arrivo, a Tarkan Der non restava altro denaro e aveva dovuto vendere anche una delle due borchie d'oro che aveva sulla cintura.

C'erano state delle tempeste e l'acqua del fiume, vorticosa e di colore marrone, scorreva forte e densa trascinando con sé il battello. L'acqua sembrava più solida delle tavole del ponte. Anche gli argini erano marroni, non alti, ma neanche tanto bassi da lasciar vedere la pianura dietro di essi. Di sera, si gettava l'ancora perché procedere al buio era pericoloso, ma anche così entro pochi giorni avrebbero raggiunto Holmgard.

«Che cosa farai, una volta lì?», domandò Halla.

«Entrerò al servizio del principe di Holmgard», disse lui, «e ci sarà un prete, così ci sposeremo».

«Perché dovremmo sposarci?», domandò Halla, guardando l'acqua del fiume che vorticava e mulinava nella sua corsa verso nord.

«Perché non è giusto che viaggiamo sempre insieme e non siamo sposati», disse Tarkan Der.

«Forse io non viaggerò sempre insieme a te», obiettò Halla.

«Non viaggeremo sempre. Io sarò pagato per il mio servizio. Troveremo una casa a Holmgard. Una casa piccola e calda. Comprerò le cose per la nostra casa non appena avrò del denaro. E cose anche per te. Ti piacerà vivere in una casetta insieme a me».

«Questo proprio non lo so», mormorò Halla, in parte a lui, in parte all'acqua agitata. Intendeva dire che avrebbe portato un tesoro dentro la casa? No, non intendeva questo, lui non era un drago esattamente come non era un eroe. Cos'era, allora, così vicino a lei, ma non lei stessa? Perché era così sicuro che a lei sarebbe piaciuto vivere in una casetta? Magari poteva piacerle una tana, al sicuro sotto rocce e rami di conifere, il profumo della tana che arrivava intenso oltre la neve e l'orsa Matulli, la sua balia, che l'aspettava per farla dormire e la leccava con la sua lingua calda. Ma una casa avrebbe avuto la stessa atmosfera? Forse Odino aveva inteso farla vivere dentro una casa? Nessuno può viaggiare leggero con una casa sulle spalle, nemmeno una chiocciola.

Adesso il battello era di nuovo ancorato alla banchina, dove c'era un ruscello che scendeva in basso. Nel buio del crepuscolo, si potevano vedere le luci di alcune case in cima al ruscello. Qualcuno sul battello disse che era una colonia che funzionava bene con una grande casa e altre più piccole, campi coltivati e bestiame. Erano persone ospitali, soprattutto Modolf, il figlio di Otkell, che possedeva la grande casa. La sua gente era arrivata da nord fino a Holmgard, come molti altri, e lui si era sistemato sulla terra fertile dell'argine del fiume, a un giorno di cavallo da Holmgard. Se fosse stato giorno, sarebbero potuti andare da Modolf a chiedere del latte e, molto probabilmente, avrebbero ricevuto anche carne e pane. Perché era così che agivano le persone, lì.

Così, gli occupanti del battello parlavano di questo e di quello, e si avvolgevano in mantelli e coperte pronti per dormire. Era una notte buia. E nel buio della notte, improvviso, esplose un urlo lacerante come una lama nelle orecchie. Tutti, sul battello, si svegliarono e si misero in ascolto. Qualcuno disse che doveva trattarsi di un'aggressione alla colonia ed era una cosa tristissima perché quelle persone erano gentili e Modolf il migliore degli uomini, ma non serviva a niente essere buoni se non ci si sapeva difendere. In quel momento si vide la luce rossa di un incendio che divampava nel cielo buio e il profilo scuro di un tetto, e l'equipaggio del battello pensò che era meglio salpare e non rischiare di essere visti dagli aggressori. Ma Tarkan Der disse: «Andrò ad aiutare quella gente e forse, se lo faccio, questo mi favorirà presso il principe di Holmgard. Chi viene con me?». E così una dozzina di uomini disse sì, che sarebbero andati. Halla non disse niente, ma andò lo stesso dietro agli uomini.

Saltarono nel fango del torrente più silenziosamente possibile, risalirono la banchina e corsero verso l'incendio con le spade sguainate. Il primo uomo che videro aveva un falcetto nella mano e un profondo taglio sanguinante sul viso e riusciva a stento a stare in piedi, ma indicò un uomo con una folta barba e una cotta di maglia che luccicava alla luce delle fiamme, che stava trascinando una ragazza tenendola per i polsi mentre lei urlava e i suoi lunghi capelli strisciavano sul terreno. La ragazza si protese in avanti e morse la mano dell'uomo, e quando lui si girò per darle uno schiaffo Tarkan Der lo pugnalò alla gola e quello cadde in una larga pozza di sangue. Tarkan Der fece alzare la ragazza che era in ginocchio davanti a lui e piangeva amaramente indicando la grande casa. Avevano legato suo padre Modolf a una colonna della sua stessa casa e poi avevano incendiato tutto.

Per un po' ci fu una battaglia diffusa, ma i seguaci dell'uomo barbuto cominciarono a cedere e fuggire perché non potevano sapere quanti uomini fossero contro di loro. Con la coda dell'occhio, Halla vide una valchiria sbucare dalla notte, come una stella cadente, e portare via sul suo cavallo l'uomo barbuto, così capì che doveva trattarsi di un eroe. Halla rimase accanto a Tarkan Der, agli uomini del battello e agli uomini e alle donne della colonia che fissavano la casa in fiamme in un orribile silenzio, mentre Tarkan Der tratteneva la ragazza che voleva correre dentro. Ma era troppo tardi. Le fiamme avevano avvolto ogni cosa e le donne della colonia avevano cominciato a piangere perché tutti amavano il vecchio Modolf che era stato così giusto e gentile, e il viso della ragazza era rigato di lacrime mentre tentava di liberarsi dalle mani che la trattenevano.

Ma Halla non aveva paura del fuoco. Non era forse stata leccata dalle lingue biforcute dei draghi, che avevano danzato in trionfo sopra di lei, nella notte stellata? Agilmente, spiccò una corsa verso la trave della porta che era crollata fra cumuli di paglia ardente, dalla quale fluivano fiamme roventi che si contorcevano in un calore a lei familiare. Halla saltò, udendo dietro di lei Tarkan Der che urlava disperato il suo nome. Ma, anche se ci fosse stato il tempo per dirglielo, lui non avrebbe capito.

In fondo alla stanza vide quello che cercava: un uomo anziano legato alla colonna del suo stesso trono, con la bocca sanguinante dove i nemici lo avevano colpito, il corpo reclinato in avanti, che tossiva per il fumo e aveva la mente così confusa che stentò a capire se fosse un essere umano a tagliare i lacci dietro la sua schiena. Intanto Halla pensava rapidamente. Per lei andava tutto bene, ma come poteva portare fuori quell'uomo? Per fortuna, non appena il vecchio respirò un filo d'aria, indicò un angolo della casa che sembrava ancora intatto, poi si appoggiò ad Halla, ansimando, mentre lei lo tirava verso quell'angolo. C'era una finestrella, in alto. La ragazza spinse un tavolo sotto di essa ed entrambi vi salirono sopra. Guardando fuori, però, c'era un tetto di paglia in fiamme proprio nel punto in cui l'uomo doveva cadere.

Halla non aveva comunque intenzione di arrendersi. Vide due secchi di latticello nel punto dal quale erano scappati, corse a prenderli e li gettò uno dopo l'altro sull'incendio; poi, in un momento di quiete delle fiamme, lanciò giù il suo mantello e spinse l'uomo fuori dalla finestra. Poi saltò anche lei e trascinò lontano l'uomo tirandosi dietro il mantello. Ma adesso c'erano altre mani ad aiutarla. Vide la ragazza e Tarkan Der, entrambi in ginocchio ai suoi piedi, lui che la chiamava con il suo vecchio nome, "Halla Dono di Dio". Ma Halla cominciò a piangere appoggiandosi alla sua spalla. Sicuramente era ignifuga, ma nel saltare dalla finestra si era slogata la caviglia che, adesso, aveva cominciato a farle male.

4
La storia

Quella notte, nessuno tornò sul battello. Si affollarono tutti dentro una casa risparmiata dal fuoco: c'erano pane, carne, latte e miele di favo. Alcuni abitanti della colonia erano stati uccisi o feriti e i razziatori avevano distrutto quasi ogni cosa. Ma erano stati scacciati, le case sarebbero state ricostruite, le mucche avrebbero partorito altri vitelli. Erano rimasti farina e grano sufficienti per superare l'inverno e la semina di primavera. E, soprattutto, avevano riavuto Modolf, l'uomo che amavano e onoravano, e Alfeida, scossa e ancora singhiozzante, ma illesa. Nessuno degli uomini del battello era stato ferito in modo importante, e poi furono raggiunti dal resto dell'equipaggio. Si decise che il giorno seguente sarebbero andati dal principe di Holmgard per raccontargli come erano state infrante le sue leggi e danneggiati i suoi sudditi, a un solo giorno di viaggio dalla città. C'erano troppi eroi e razziatori in giro, gente che cercava qualsiasi cosa su cui potesse mettere le mani, figli cadetti di grandi uomini, con sangue nobile nelle vene, senza dubbio, ma privi di pazienza o di onestà, che si trasformavano in scellerati e violenti se non ottenevano tutto quello che volevano.

Quasi tutti gli abitanti della colonia erano cristiani e sarebbero andati a Holmgard a Pasqua, per tre giorni di lutto e poi di gioia. Così, quando Tarkan Der disse loro che Halla era una specie di angelo che era stato inviato a lui e ai suoi amici quando erano nei guai e che sapeva parlare tutte le lingue, loro gli credettero. Dovette arrangiarsi a parlare da solo la loro lingua, perché Halla si era addormentata dopo che le donne le avevano fasciato la caviglia e dato da bere del latte caldo con delle erbe. Ma Modolf e Alfeida, insieme ad altri due o tre, conoscevano il greco e se lui e gli altri parlavano lentamente avrebbero potuto farcela. Adesso, tutti stavano guardando Halla. Mentre dormiva, le donne le pettinarono all'indietro i capelli, miracolosamente intatti, e ne tagliarono una piccola ciocca nascosta qui e là per custodirla per i figli dei loro figli, che avrebbero udito la storia raccontata un inverno dopo l'altro.

Ma prima che anche lui si addormentasse, Tarkan Der pensò fra sé che adesso era sicuramente in grado di servire onorevolmente il principe di Holmgard. E pensò anche che Halla era cambiata di nuovo. Come avrebbe potuto sposare un Dono di Dio? Eppure, l'aveva vista cucinare e pulire, aveva lavato le sue camicie, come fanno le donne. Ma non aveva mai fatto bene nessuna di queste cose, come dovrebbe, invece, una ragazza cresciuta in una famiglia attenta da una brava madre. Lui era consapevole di tutte queste cose e quando aveva deciso di sposarla le aveva valutate e aveva scoperto che non gliene importava nulla. Che cos'era lei, allora? Conosceva il profumo dei suoi capelli e del suo corpo quanto quello dei propri vestiti. Conosceva la sensazione delle sue spalle minute con il suo braccio intorno. Eppure, eppure, aveva pensato a lei in un modo diverso da quello in cui era abituato a pensare a Dolcepiuma, il suo modo. Sarebbe stato un futuro diverso da quello che sapeva avrebbe avuto insieme a Dolcepiuma. Ed entrambi… entrambi erano perduti. Ma il futuro insieme ad Halla, era mai stato reale? Oh, che cos'era lei, allora, che cosa mai era lei, Halla la sua compagna di viaggio, la sua aiutante, che cos'era? E si addormentò rimuginando su quella domanda, senza avere risposta.

Halla, da parte sua, il giorno dopo dormì fino a tardi e quando si svegliò, la sua caviglia era meno gonfia. Gli abitanti della colonia avevano cominciato a riordinare tutto. Soltanto l'odore di legno e paglia bruciati aleggiava sgradevolmente nell'aria, bloccando il respiro. Quando rimuovevano delle travi arse solo in parte e che potevano essere ancora utili, o raschiavano la cenere bollente per vedere se sotto era rimasto qualcosa, il fumo si alzava di nuovo. Quasi tutto il metallo era stato danneggiato dal calore, si spezzava, ma poteva essere portato a Holmgard, fuso e ritemprato dai bravissimi fabbri del luogo. Le ustioni di buoi e cavalli furono medicate come quelle di uomini e donne. Una di esse, che era entrata in travaglio prima del tempo, nel mezzo della battaglia, diede alla luce un maschietto, senza problemi. Progettarono di sostituire, almeno per l'inverno, la grande casa con una fatta di canne e fango. Alcuni uomini avevano già riportato, dall'argine del fiume, dei fasci di rami di salice. In serata, tutti si riunirono di nuovo e il lavoro proseguì nella realizzazione dei recinti alla luce fumosa delle torce di resina.

Anche Alfeida aveva dormito e ora quello che era accaduto si stava affievolendo come un incubo passato, come si sarebbero attenuati i lividi sulla testa e sul corpo. L'unica cosa importante era che fosse finita. Lei era giovane. Era seduta e guardava Tarkan Der che puliva la sua spada, con gesti lenti e accurati; guardava il ricamo di conchiglie sul suo mantello tipico di Marob; c'era un punto allentato. Poteva chiedere di aggiustarlo, poteva chiedere di togliere il mantello caldo dal suo corpo e averlo fra le mani? Halla Dono di Dio, l'angelo Halla, non avrebbe voluto aggiustare quel mantello?

Di tanto in tanto, Tarkan Der guardava Alfeida. Era una ragazza dai capelli d'oro e i lividi spiccavano di un blu crudo sul bianco delle braccia e del collo; il sangue affluiva e defluiva, caldo, sulle sue guance. Ma, di nuovo, il pensiero di Dolcepiuma gravò su di lui. Tarkan Der piombò in lunghi, dolorosi silenzi. Non era niente per lui, allora, quello che aveva fatto in quel luogo.

Una delle donne stava parlando con Halla, all'inizio timidamente e poi, quando dimenticò che Halla poteva essere un angelo, con tutto il piacere che si poteva provare nel raccontare notizie vecchie a una faccia nuova. Così le raccontò di Alfeida, di come fosse l'unica figlia dell'anziano Modolf. Sì, c'erano stati altri due figli, ma uno era rimasto ucciso in un incidente di caccia e l'altro era annegato durante le inondazioni di primavera. Malgrado la bontà di Modolf, la famiglia era stata colpita dalla sfortuna. Risaliva a tanto, tanto tempo prima e Dio, nella sua bontà e saggezza, non aveva ritenuto opportuno cancellarla. Anche la giovane Alfeida era una ragazza buona e gentile, ingegnosa nel curare le persone, rapida al telaio, con una mano fortunata per il burro e brava a tenere la casa. Era stato terribile per tutti loro vederla trascinata via dai razziatori, e sapevano bene per farle cosa. Due uomini erano stati uccisi nel tentativo di salvarla. E quello che l'aveva salvata... che tipo era? Da dove veniva? Che cosa pensava di fare, adesso? Così, Halla e la donna trascorsero parlando l'intera serata operosa e odorosa di fumo e Halla pensò che sarebbe stata un'ottima cosa se Tarkan Der avesse deciso di sposare la giovane Alfeida invece di lei.

Il giorno successivo si recarono a vedere la sistemazione della nuova casa. Alfeida era già andata insieme agli uomini e stava camminando su e giù fuori dalle mura, segnando gli angoli. Aveva occhio e sapeva cosa ci voleva. Dopo un po', Tarkan Der era andato a vedere e ne era rimasto interessato e adesso la stava aiutando. Modolf aveva impiegato più tempo per riprendersi, ma dal secondo giorno anche lui era migliorato. Sedeva su una collinetta, in mano un bastone sul quale si era appoggiato pesantemente, anche solo per quella breve distanza, e una fasciatura intorno al polso dove si era ustionato. La ragazza strana, Halla Dono di Dio, aveva detto che sarebbe uscita più tardi, ma anche lei aveva bisogno di un bastone per camminare. Era una donna, o non lo era? Di chi poteva essere figlia? Adesso il vecchio stava guardando la propria figlia: teneva l'estremità di una corda e l'uomo venuto dal Sud ne teneva l'altro capo, mentre venivano piantati i picchetti. Poi l'uomo si guardò intorno, diede il capo della corda a un altro uomo della colonia e tornò da Halla che stava uscendo dalla capanna. La prese in braccio e la portò in cima al poggio, con le trecce intatte di lei che ricadevano sul suo braccio. Ora era seduta accanto a Modolf e Tarkan Der era al suo fianco.

«Abbiamo vissuto in pace per cinque anni», disse Modolf. «Pensavo che il braccio del principe fosse abbastanza lungo. Pensavo che la fortuna fosse girata».

«Ci hanno parlato, giù nella capanna, dell'antica sfortuna che ha colpito la vostra gente», disse Halla.

Anche lei stava guardando la sistemazione delle recinzioni della costruzione e come Alfeida mostrasse agli uomini come dovevano andare le cose.

«Arriva da un tempo molto lontano», disse Modolf, e sospirò e agitò la polvere con la punta del suo bastone.

«A quei tempi i miei padri erano re nel profondo Nord. Si dice che, all'epoca, nel mondo esistessero i giganti e i draghi».

«Ma i draghi esistono, sì, e anche i giganti!», disse Halla. E cominciò a provare una strana ansia, come se quel poggio sul fiume non fosse affatto un luogo reale. Afferrò la caviglia di Tarkan Der e si strinse a lui. La mano del ragazzo scese sulla sua testa in modo amichevole e familiare.

«Esistono, forse, nel modo in cui esistono gli angeli e gli altri spiriti buoni, piccola mia», disse Modolf, «ma si sono visti altrettanto raramente. Anche se adesso... nessuno di noi sa che cosa abbiamo visto». Tacque per un minuto, poi proseguì. «Grandi malvagità furono commesse a quei tempi e il Cristo bianco non è arrivato al Nord. Gli uomini seguivano le antiche divinità, oppure nessuna di esse, ma le volontà violente dei re che erano la loro stessa legge. E si dice che un certo re aveva una moglie che morì e lui si risposò. E c'era una figlia della prima moglie e la seconda moglie disse che doveva essere abbandonata nella foresta e morire. E così fu fatto. E i miei avi e io, che Dio ci perdoni per colpe non nostre, siamo figli di quel re e di quella regina malvagia. Ma c'è stata una punizione continua e i peccati dei nostri padri sono ricaduti sui figli. Ripetutamente, sono arrivate morte e distruzione, siamo stati colpiti da fulmini, navi sono andate perdute, i nemici sono arrivati nella notte. Per primo perdemmo il regno, sebbene fosse soltanto un piccolo regno chiuso fra montagne e folte foreste. E i miei avi andarono a sud e a est, a volte edificando una residenza e un villaggio e tutto andava bene per una manciata di anni, a volte servendo come capitani sotto i più grandi re e principi, come il principe di Holmgard, che mio padre Otkell ha servito e anch'io, da giovane. Il padre di mio padre è stato battezzato. La maledizione sarebbe dovuta scomparire allora! Ma è sempre andata a finire male, e adesso Alfeida, mia figlia, è l'ultima, proprio l'ultima della stirpe».

«Ma la sfortuna è stata cancellata da entrambi», disse Halla, «per mano di Tarkan Der... e mia». Aveva ricominciato a respirare, per sapere che, almeno, non era svanita come un'immagine riflessa sulla superficie dell'acqua. Doveva parlare. Doveva sentirsi parlare. Sentiva le ossa della caviglia di Tarkan Der sotto la sua mano e la sua stessa caviglia ancora dolorante. Di sicuro erano fatti della stessa carne e dello stesso sangue!

«Se potessi credere che fosse così...», disse lentamente Modolf.

«Non l'ho mai sentita dire bugie», disse Tarkan Der, guardando dritto davanti a sé ed esprimendo il suo pensiero a parole in quel discorso che non era troppo facile per lui. «E lei lo saprebbe».

«È stata una cosa strana», disse Modolf, «che la maledizione sia durata così a lungo e tutto per la morte di una bimba. Sono state commesse azioni peggiori di quella. Sì, molto peggiori. Eppure, forse, la morte degli innocenti porta sempre con sé una maledizione».

«Forse lei non è morta», disse Halla, «forse la sua balia si è trasformata in un'orsa e l'ha portata via, nella foresta. Forse è stata allevata da orsi e draghi. Forse, alla fine, per lei è stato meglio che essere la figlia di un re».

«Non è mai stata questa la storia», disse Modolf.

«Dimentica la storia», rispose Halla.

Poi, la giovane Alfeida corse su per la collinetta e tornò da loro. «Ho detto agli uomini di tagliare le canne domani, per tutto il giorno», disse. «Penso che abbiamo salici a sufficienza. Metteremo le mucche nella parte coperta… devo procurarmi nuovi secchi per il latte, padre, ma c'è qualche frassino spaccato e possiamo cavarcela abbastanza bene. Penso che gli amici che sono venuti ad aiutarci dovrebbero rimanere con noi per tutto l'inverno. Se possono vivere in una casa così povera… sapendo che sarà migliore in seguito…». La ragazza abbassò gli occhi e arrossì. Suo padre ripeté le sue parole. Sì, certo che dovevano rimanere.

«Avevo pensato», disse Tarkan Der, «che sarei andato al servizio del principe di Holmgard».

«Prendi servizio presso di me», disse Modolf, «e prendi anche qualsiasi altra cosa vuoi». E guardò dritto verso sua figlia.

«Se lei dice…», rispose Tarkan Der e si chinò verso Halla, si inginocchiò accanto a lei e la tenne stretta per un istante. «Lei è saggia».

«Penso che dovresti rimanere qui», disse Halla.

«E tu?».

«Ancora non lo so, ancora non lo so», rispose lei, con il pianto nella voce. «E non voglio pensarci adesso».

5
Viaggia leggera

Il giorno dopo, il principe di Holmgard arrivò a cavallo, e aveva un aspetto estremamente elegante con quell'ampio mantello imbottito cucito con un'armatura a scaglie, la spada con il fodero incastonato di rubini, la pelle d'orso, gli stivali alti e l'elmo chiodato. Dietro di lui arrivarono un centinaio di uomini del suo esercito regolare, del quale si serviva per mantenere la pace a Holmgard. Erano molto simili alle guardie variaghe. Molti di loro erano eroi, senza dubbio, pensò Halla, guardandoli dall'alto del poggio sul quale era seduta al sicuro da sola, mentre Modolf e Tarkan Der erano accanto alla staffa del principe e gli raccontavano tutto quello che era accaduto.

Il principe guardò con benevolenza Tarkan Der, gli chiese da dove veniva e perché e, dopo averlo ascoltato, lo invitò a unirsi al suo esercito regolare. Però, se preferiva aspettare nella colonia fino a primavera, sarebbe stato accettabile.

«Perché sono certo che qui avrai la migliore ospitalità possibile», disse il principe.

Poi chiese in quale direzione fossero andati i razziatori e parlò con il capitano dei suoi cento uomini ordinandogli di prenderne una metà e dare la caccia agli aggressori. Perché la pace di Holmgard doveva essere difesa. Perché se non veniva difesa sulla terraferma, allora il prossimo obiettivo dei razziatori potevano essere le navi mercantili e le carovane, e questo non doveva accadere perché era su queste, sui pedaggi che pagavano e sul denaro che spendevano che si reggeva la prosperità di Holmgard. E se un principe non riusciva a mantenere la pace, allora il popolo di Holmgard suonava la grande campana, convocava l'assemblea, si sbarazzava del principe e ne metteva un altro al suo posto.

Così, forte del favore del principe, tutto sembrava andare bene per Tarkan Der e, con il tempo, avrebbe smesso di tormentarsi con il ricordo di Dolcepiuma e di Marob. Con il tempo, avrebbe perdonato i suoi nemici e anche Bisanzio per non essere quello che lui pensava dovesse essere. Avrebbe rivolto un pensiero felice al fratello minore Yillit, che immaginava prendere il suo posto a Marob, e non sarebbe mai tornato indietro per scoprire cos'era realmente accaduto. C'erano due fiumi fra lui e il passato. Alfeida sarebbe stata fra lui e il passato. Tarkan Der era stato un viaggiatore, ma adesso stava arrivando al punto in cui fermarsi. *E sarà un luogo felice per lui*, pensò Halla. *Ma io... io non sono arrivata a un luogo in cui il mio viaggio dovrebbe interrompersi. Qui non c'è un motivo che possa trattenermi. E sono ancora me stessa, con tutti i tiri che mi ha giocato Odino?*

Così, rimase seduta per un po' e, sotto la collinetta, da una parte c'era il quadrato della nuova casa delimitato con le recinzioni, ma lei gli voltò la schiena. Dall'altra parte, c'erano ontani e acquitrini fra lei e la curva del fiume e macchie di alti giunchi e vecchi salici spezzati che erano inutili per i canneti e per qualsiasi altro utilizzo. Ma c'era qualcosa che, laggiù, si muoveva fra gli alberi. Guardando bene, Halla si ingobbì e strinse il mantello sulle spalle, perché sentiva un po' freddo. Poi, lentamente, si alzò in piedi e scese in quella direzione, zoppicando leggermente, ma non troppo. Di sicuro laggiù non c'erano le mandrie della colonia. Erano animali selvatici? Avanzò con cautela. E poi vide una grande ala allungarsi, all'improvviso, da dietro un albero. Doveva essere una valchiria, forse tante, Steinvor e le ragazze. Halla si mise un dito nella guancia e fischiò. Vi fu un immediato silenzio, in un istante l'ala si era ripiegata sparendo alla vista, come se non fosse mai esistita. Ma un minuto dopo, Steinvor schivò il ramo basso di un ontano e si avvicinò ad Halla.

«E così sei tu, mia cara. Avrei potuto immaginarlo».

«Sì», disse Halla, «sono io. Almeno, suppongo di essere io. Ma mi hanno detto una cosa... Steinvor, ci sono giganti in giro, adesso?».

«Be'», disse Steinvor, «adesso che ci penso, ultimamente non ne ho visto nessuno. Ma devono essere da qualche parte. Dopotutto, Halla, dovranno essere i nostri nemici nella Battaglia Finale. Non sarebbe affatto una battaglia se dovesse cominciare e non ci fossero nemici».

«Se me lo chiedessi», disse Halla, «direi che sarebbe proprio uno scherzetto degno di Odino. E che mi dici dei draghi?».

«Oh, penso che ce ne siano ancora in giro. Sicuramente non quanti ce n'erano prima. Non qui. Credo che ne troveresti in Cina. O in Arabia. Solo, non dietro l'angolo, come succedeva un tempo».

«Cos'è accaduto a tutti i loro tesori?».

«Penso che gli uomini abbiano cominciato a comportarsi come i draghi, riguardo ai tesori», disse Steinvor, accigliandosi e cincischiando con la fibbia della cintura. «Sai, nemmeno gli eroi sembrano regalarli con quella generosità che li caratterizzava un tempo. Forse loro e i draghi sono arrivati a capirsi così bene che non ci sono più dispute».

«Sì», disse Halla, «sì. È difficile mantenere i propri nemici. Dev'essere problematico anche per gli dèi e i giganti. Forse anche loro sono arrivati a capirsi. Se è così, non ci sarà nessuna Battaglia Finale, e che cosa farete con tutti quegli eroi?». Steinvor scosse la testa: questo era davvero troppo! Ma Halla proseguì: «Quanto tempo è passato, Steinvor, da quando arrivasti sulla Montagna del Drago e parlasti con me?».

«Be', sono stata molto occupata, fra una cosa e l'altra», disse Steinvor e cominciò a rifarsi le trecce, più rosse che mai. «Il tempo passa, non ti riconosceresti! È stato qualche anno fa, no?».

«Quanti anni? Cinque? Cinquecento? Steinvor, sai che cosa voglio dire. Che razza di gioco ha giocato Odino con me?».

«Che cosa ti ha detto, Halla?».

«Ha detto: "Viaggia leggera"».

«Se lo hai fatto, se hai viaggiato leggera, potresti aver viaggiato negli anni e viaggiato più in fretta di altri. Avresti voluto diversamente, Halla?».

«Penso che avrebbe potuto dirmelo».

«Non ce lo dice mai, Halla. Siamo noi a doverlo scoprire. Perché non vieni con noi per un po'?».

«Te l'ho già detto, Steinvor, non mi piacciono gli eroi».

«Stanno diventando molto rari. In effetti, siamo tutte qui perché stiamo per avere un po' di fortuna. Una battaglia fra l'esercito del principe e quei razziatori. Sono quasi sicura che ci saranno parecchi eroi. Ma, credici o no, a volte giriamo per mesi senza mai avere un'occasione. Dappertutto! Montagne, anche, non hai idea!».

«Non vedo una montagna da… da… È tutta pianura fra qui e Miklagard. Paludi. E quei fiumi senza rocce dentro».

«Una sera stavamo prendendo il volo tutte insieme da una falesia nel Caucaso. E sotto di noi il sole stava tramontando. Certo, è il genere di cose che piace a questi cavalli».

«A me piacciono i cavalli», disse Halla, sottovoce, e fece un passetto in avanti.

«I nostri parlano molto più della maggior parte dei cavalli», disse Steinvor, «hanno più punti di vista, sai. In effetti, discutono, qualche volta».

«Ci sarebbe un cavallo per me?», domandò Halla.

«Odino li ha creati per noi. Se ne creasse uno per te… sì, guarda, quel bellissimo grigio con le punte nere, lui è nuovo!».

«Odino avrebbe potuto dirmelo», disse Halla, ancora esitante. Ma era un bel cavallo, bellissimo, qualcosa di simile a un unicorno, ma con l'espressione più intelligente, con le grandi ali che si inarcavano e fremevano, meglio di un cavallo vero, meglio di una nave. In groppa a quell'animale, nient'altro sarebbe stato necessario, nemmeno il mantello. Halla lo lasciò cadere sul bordo della palude.

Niente.

Si può viaggiare leggeri.

Marsiglia-Peshawar, 1951

Collana «Lainya»

1. Stephenie Meyer, *Life and Death*, traduzione di Lucia Olivieri, Teresa Albanese e Sabina Terziani. (2ª ed.)

2. Sophie Jomain, *Vertigine*, traduzione di Paola Checcoli.

3. Laini Taylor, *La chimera di Praga*, traduzione di Donatella Rizzati. (4ª ed.)

4. Laini Taylor, *La città di sabbia*, traduzione di Donatella Rizzati. (3ª ed.)

5. Sophie Jomain, *Rivalità*, traduzione di Paola Checcoli.

6. Kelley Armstrong, *Bitten*, traduzione di Marco Astolfi.

7. Laini Taylor, *Sogni di mostri e divinità*, traduzione di Donatella Rizzati. (2ª ed.)

8. Sarah Bianca, *Feline*.

9. Stephenie Meyer, *New Moon*, traduzione di Luca Fusari. (5ª ed.)

10. Stephenie Meyer, *Eclipse*, traduzione di Luca Fusari con la collaborazione di Federica D'Alessio e Chiara Marmugi. (6ª ed.)

11. Stephenie Meyer, *Breaking Dawn*, traduzione di Luca Fusari con la collaborazione di Simona Adami, Federica D'Alessio, Chiara Manfrinato e Anna Mioni. (5ª ed.)

12. Sophie Jomain, *Rinascita*, traduzione di Paola Checcoli.

13. Sophie Jomain, *Origini. Parte prima*, traduzione di Paola Checcoli.

14. Chiara Panzuti, *Absence. Il gioco dei quattro*.

15. Chiara Panzuti, *Absence. L'altro volto del cielo*.

16. Laini Taylor, *Il Sognatore*, traduzione di Donatella Rizzati. (6ª ed.)

17. Stephenie Meyer, *Twilight*, traduzione di Luca Fusari. (5ª ed.)

18. Stephenie Meyer, *Life and Death*, nuova edizione. Traduzione di Lucia Olivieri, Teresa Albanese e Sabina Terziani. (3ª ed.)

19. Laini Taylor, *La Musa degli Incubi*, traduzione di Donatella Rizzati. (2ª ed.)

20. Chiara Panzuti, *Absence. La memoria che resta*.

21. Sophie Jomain, *Origini parte seconda*, traduzione di Paola Checcoli e Donatella Rizzati.

22. Claire McFall, *Ferryman*, traduzione di Donatella Rizzati.

23. Erin Morgenstern, *Il Mare Senza Stelle*, traduzione di Donatella Rizzati. (3ª ed.)

24. Stephenie Meyer, *Midnight Sun*, traduzione di Donatella Rizzati, Michele Zurlo, Valentina Niccoli e Alessandro Ciappa. (2ª ed.)

Finito di stampare
nel mese di novembre 2020
presso Print On Web s.r.l.
Via Napoli, 85 – Isola del Liri (FR)
per conto di
Fazi Editore